Jornada de um Caboclo

Capa e projeto gráfico: Marco Cena
Revisão: Gaia Revisão Textual
Coordenação editorial: Maitê Cena
Produção editorial: Bruna Dali
Assessoramento gráfico: André Luis Alt

Dados Internacionais de Catalogação na Publicação (CIP)

O98j   Oxossi, Caetano de, Pai
        Jornada de um caboclo : romance espírita/umbandista pelo Caboclo Mata Virgem.
/ Pai Caetano de Oxossi ; Espírito Caboclo Mata Virgem. – Porto Alegre : BesouroBox,
2019.
        176 p. ; 16 x 23 cm

    ISBN: 978-85-5527-110-6

        1. Literatura brasileira. 2. Ficção espírita. 3. Ficção umbandista. 4. Obras
psicografadas. I. Título. II. Caboclo Mata Virgem.

CDU 821.134.3(81)-845

Bibliotecária responsável Kátia Rosi Possobon CRB10/1782

Direitos de Publicação: © 2019 Edições BesouroBox Ltda.
Copyright © Pai Caetano de Oxossi, 2019.

Todos os direitos desta edição reservados à
Edições BesouroBox Ltda.
Rua Brito Peixoto, 224 - CEP: 91030-400
Passo D'Areia - Porto Alegre - RS
Fone: (51) 3337.5620
www.legiaopublicacoes.com.br

Impresso no Brasil
Outubro de 2019

Pai Caetano de Oxossi

Jornada de um Caboclo

Romance espírita/umbandista pelo Caboclo Mata Virgem

1ª edição / Porto Alegre-RS / 2019

Sumário

Prefácio 7

Bem-vindo a esta viagem... 11

1. Despertar 13

2. A purificação 21

3. A subida 27

4. A subida II 33

5. O fogo 39

6. O segundo despertar 46

7. Casa de Preto Velho 51

8. De volta à montanha 57

9. Na companhia de Xangô 62

10. Na companhia de Xangô II 68

11. Na companhia de Xangô III 74

12. Subindo na fé 77

13. O voo da águia 81

14. A volta do índio 84

15. No círculo da vida 86

16. Os povos da terra 89

17. Onilê 93

18. O nascer dos povos 96

19. Caverna de Preto Velho 99

20. Deitado na esteira 102

21. Uma viagem ao começo 107

22. Sabedoria de Preto Velho 113

23. Em busca da essência 116

24. Despertando novamente 122

25. O barro 132

26. A paz de Nanã 137

27. Renascido 142

28. A porta da vida 146

29. Na onda de Iemanjá 154

30. O amor de Iemanjá 159

31. Povos das águas 161

32. Após a luz de Iemanjá 165

33. Eu e a Lua 167

Sobre a psicografia de Pai Caetano de Oxossi 173

Informações sobre nosso terreiro 174

Prefácio

O meio ambiente, que hoje tanto se fala e se diz defender, sempre esteve no centro dos cultos ameríndios, indígenas e na forma de viver e se relacionar com Deus dos negros, sejam bantus, sejam jejes ou as etnias que falam e falavam Iorubá, sem mencionar outros povos africanos que também detinham essa relação tão bela e verdadeira com a natureza.

A chamada "civilização", ao contrário, acredita que o meio em que o humano vive serve apenas a ele e está criado por Deus ou por outros seres apenas para usufruto e deleite humanos. A sociedade atual é consequência de uma teoria forte e dominante que convenceu os seres humanos, em sua maioria, de que o homem e a mulher tudo podiam e tudo a eles servia. Fundamentou-se assim a antropo-centrização das religiões.

As crenças de que os rios, os ventos, a árvore, o solo e o fogo eram sagrados não poderiam prosperar, pois inibiam a ganância e a forma de se pensar e de se projetar o mundo humano. Lentamente, as forças bélicas dos que colocavam o homem como o centro de toda a criação foi esmagando, destruindo e eliminando os povos e os que defendiam a sagrada natureza. Isso foi tão forte a ponto de colocarem essa teoria nas mãos de um espírito iluminado como

Jesus, que sempre se subordinou à natureza e com ela teve uma relação íntima.

Jesus andou sobre as águas, fazendo dela sua amiga e irmã; usou as árvores como analogia, metáforas e como ponto de encontro para que os homens as admirassem; contou parábolas tendo a natureza como principal personagem, mostrando a todos que devemos nos unir ao restante da criação, e não nos isolarmos. Apesar disso, esse espírito iluminado foi usado como justificativa para tal entendimento, uma vez que sua mensagem foi deturpada e mal-interpretada, dando aos humanos o direito de prejudicarem esse planeta.

Séculos se passaram com a força humana subjugando e destruindo a natureza e os humanos que com ela se entendiam e a ela se subordinavam. A diáspora africana, o genocídio indígena em todas as Américas e outras guerras se justificavam pela "evolução" da sociedade moderna. No entanto, a força da chibata e do machado e a dor não foram suficientes para exterminar uma ideia, uma forma de culto, pois na verdade seria impossível acabar com algo tão próximo ao Criador.

Assim, os cultos da nação africana em suas diversas etnias foram sobrevivendo, foram se aglutinando e se amalgamando com a forma dos indígenas. Foram conhecendo e simpatizando com a pajelança e o xamanismo da América do Sul, do tronco tupi-guarani, dos macro-jês, dos aimorés e dos tupinambás. Logo descobriram a verdadeira mensagem de Jesus, e a ele foram se aproximando e se tornando irmãos, discípulos, e hoje assistimos a inúmeras manifestações de fé oriundas desses irmãos africanos, sempre tão coloridas e pacíficas.

A Umbanda é fruto dessa árvore, é fruto de uma união de pensar e de louvar a Deus que encontra similaridades e aproximações entre o cristianismo dos primeiros tempos, os cultos de Angola e Congo, os Orixás dos povos Iorubás, as forças ancestrais dos fons (conhecidos por jejes) e os conhecimentos indígenas. Nossa Umbanda, essa união de forças, de amor e de solidariedade, zela pela natureza e pelo ambiente que se vive de forma sagrada, de forma a entender que somos mais uma criação de Deus, e não a única ou a melhor criação Dele.

A Umbanda, dessa forma, trabalha como os indígenas, como os negros, na natureza, sendo dela dependente, dela subordinada, por meio dela entrando em contato com as forças criadoras que se denominam Orixás. A Umbanda, portanto, deve encontrar cada vez mais seu ambiente unido à natureza preservada e integrada ao meio ambiente natural.

Os umbandistas devem reconhecer o poder do mar, do rio e do trovão e perceber que seu cotidiano atinge diariamente as forças sagradas de Deus, aprendendo com isso a mudar sua forma de conduta, de agir e de pensar, estando a todo tempo se percebendo como uma criação inserida na grande criação que é o Universo. Devem buscar essa compreensão e o contato íntimo com as forças naturais da Terra e do cosmos.

Para auxiliar nesse processo, o Caboclo Mata Virgem, trabalhador incansável das forças celestiais de Oxóssi, brinda os umbandistas e os simpatizantes da Umbanda com o presente livro, contando uma história de dedicação e superação. Ele mostra que apenas aquele que se conecta com o natural e da natureza extrai suas forças com respeito e envolvimento consegue superar suas dificuldades.

Esta obra é a narrativa de uma busca que todos devem fazer, uma jornada rumo à integração com o Criador, se envolvendo com Suas criações, percebendo que cada sítio natural tem seu poder, sua força e seus seres próprios e que a presidência das forças divinas é dos Orixás.

A história mostra como se deve encarar Xangô, sentir Oxóssi, amar como Iemanjá, lavar as chagas nos colos de Oxum, respeitar a criação da Terra e dela sentir a força com as mãos de Omolu e deixar as brisas de Iansã o conduzirem por um caminho de autoconhecimento aliado ao conhecimento, ao Divino, ao sagrado. Ao mesmo tempo em que este livro explora a busca do mundo externo, no envolvimento com as forças naturais, leva a uma reforma íntima, a um incansável lutar contra os instintos primitivos. Também faz a ligação entre a natureza e os desafios de cada um, buscando escalar uma montanha ao mesmo passo que se escala a própria consciência.

O Caboclo Mata Virgem assim vai ensinando a respeitar e amar as florestas, os rios e as montanhas, fazendo perceber que esses reinos são parte de cada ser humano, e que cada um é também parte deles. Isso se dá no ensinar de uma primitiva história dos ameríndios, que em sua esmagadora maioria compreende tudo como fruto de um grande Pai e de uma grande Mãe.

Ao escalar as montanhas, ao se embrenhar nas matas, portanto, não deixe de junto fazer isso com seu ego, com seu ser, revelando ao seu espírito a grande verdade: tudo e todos estão interligados.

Que a viagem comece e que, após ela ser findada, você esteja pronto para inúmeras outras. Que os Orixás iluminem os caminhos da mente humana na busca de seu regresso ao Criador, compreendendo sua integralidade e sua força em tudo e em todos.

Pai Tobias de Guiné

Bem vindo a esta viagem...

Quantos ensinamentos são ministrados em cada consulta com os bons espíritos da lei de Umbanda? Quantas consultas com os povos de Aruanda são realizadas neste mundo? E quantas dessas são simplesmente ignoradas ou renegadas a um segundo plano? Quantos conselhos são dados em giras de Umbanda e são tidos como secundários e deixados de lado? Quantas vezes os dirigentes encarnados ou as entidades-chefes alertam os membros de uma comunidade sobre determinada passagem ou situação, ou mesmo sobre uma postura, uma regra, sobre a conduta em relação à espiritualidade e, simplesmente, são tidas como exageradas?

Diante dessa constatação, o presente livro busca conscientizar os leitores sobre como os ensinamentos, as regras e os conselhos ministrados diariamente em tendas e terreiros podem fazer a diferença na descoberta da iluminação interior, na revelação de um caminho mais livre para alcançar a felicidade.

O texto foi escrito em primeira pessoa, para que você, leitor, se transforme e se sinta, se coloque no lugar do personagem principal, com seus medos, seus deslizes e seus vícios; para que possa entender que realmente qualquer pessoa poderia estar nessa jornada. A leitura é o passaporte para uma viagem abençoada.

Rogo aos Orixás que cada leitor possa vivenciar e contatar as forças divinas durante esta leitura, aproveitando ao máximo os parcos e simples ensinamentos, mas que com certeza abrirão seus olhos. Que possa abrir sua mente para o dia a dia dos terreiros e para os ensinamentos camuflados das entidades em cada causo, em cada cantiga e em cada consulta.

O personagem principal não tem nome, pois o nome dele é o seu. É você, leitor, que se transformará no ator principal. O livro é uma busca, uma viagem rumo à elevação espiritual, uma viagem que tem o propósito de ensinar seu viajante a dominar seus instintos mais primitivos e abrir sua intuição. Além disso, é uma demonstração de que as regras e os afazeres cotidianos de uma casa de Umbanda o preparam para a passagem da vida carnal para a vida espiritual.

Que cada um de vocês possa tirar o máximo proveito e se encantar, se deixar envolver, bem como criticar, discordar, mas nunca ficar indiferente quanto às linhas que virão a seguir. Assim sua realidade se transforma e, consequentemente, transforma um pouco a atmosfera da Terra. De uma forma ou de outra, você fará seu espírito questionar, duvidar, aprender e apreender. Tudo é movimento, por isso quando você se movimenta atrai energias astrais e aumenta o fluxo de axé para o Globo terrestre.

Seja bem-vindo a esta jornada, a jornada de um espírito como você. Uma viagem na companhia das entidades, dos espíritos, da história e dos Orixás. Apesar de ser escrita por mim, Caboclo Mata Virgem, a história foi baseada em um caso concreto.

Sinta-se em casa e boa viagem! Que Deus, em sua infinita paz, o cubra com seus movimentos, despertando as forças da natureza em você e nos que estão à sua volta.

Um saravá abençoado!

Caboclo Mata Virgem

1
Despertar

    Acordei assustado, senti minhas costas molhadas, um pouco de frio tomou conta de meus braços e de minha nuca. Ao abrir os olhos, me deparei com enormes árvores, réstias de luz passavam por entre suas folhas; um silêncio reinava no local. Estava eu deitado em relva, folhas secas, gravetos e outros vegetais.

    Olhei para os meus pés assustado, estava calçando um par de sapatos muito estranhos e que não eram meus. Pareciam ser feitos de casca de árvore, com um trançado de tiras de árvores ou cipós. Estava de calça branca, camiseta branca, na verdade era mais uma bata, pois era longa e solta. "Onde estou? Como vim parar aqui?", pensava em voz alta.

    Não conseguia me levantar ainda. Minha cabeça estava pesada. Precisava sair do chão, correr e ver onde me encontrava. Vai que algum animal me encontrasse. Estava sem forças. Comecei a olhar ao redor, havia apenas árvores, e todas muito grandes, com suas raízes expostas. Era, apesar de tudo, um local muito lindo. Estranhamente não ouvia nenhum pio, nenhum barulho, sequer do vento havia sussurro.

– Estranho! – exclamei.

Havia Sol, olhei para cima para ver se as folhas mexiam na copa daquelas árvores. Lentamente elas oscilavam, com muita calma.

– Será que fiquei surdo? – perguntei-me com a voz já alterada, beirando o desespero.

Estalei os dedos e mexi nas folhas secas para saber se escutava.

– Ufa! Escutei!

Ainda muito nervoso e trêmulo, amedrontado, desorientado e, ainda por cima, sem forças para me sentar, comecei a rezar. Mas meu medo gritava enquanto minhas rezas apenas sussurravam. Então comecei a cantar alguns pontos de Umbanda, cantei cada vez mais alto, o medo não podia me calar. Cantei para Exu, para Oxalá, para Iemanjá e para meu pai Oxóssi. Cantei tanto e tão alto que minha boca ficou seca e minha voz rouca. Entretanto estava em paz. Minha aflição que beirava o desespero tinha cedido espaço para a fé. Ainda bem!

Mais calmo, comecei a rezar e a pedir para Deus que me enviasse as entidades de luz. Por estar em uma floresta tão exuberante, que Ele me permitisse sentir a força dos caboclos de Oxóssi, que o Caboclo Mata Virgem pudesse me amparar naquele momento. Fechei meus olhos e, em profunda fé, supliquei em voz alta:

– Meu Pai, seu Mata Virgem, estou perdido, fraco e com medo, preciso de seu apoio, querido amigo e pai. Saravá, meu pai Oxóssi! Okê! Okê, Arô!

Estava de olhos fechados, mas mesmo assim percebi que o Sol tinha sido encoberto. "Será que foi uma nuvem? Será que é um animal?", perguntei-me em pensamento. Apesar de assustado, tomei coragem, abri os olhos e, ao mesmo tempo, gritei:

– Okê! Okê, Arô!

Um gigante estava em pé na minha frente! Um índio forte e alegre, com um sorriso divino e acolhedor. Estendeu-me o braço e abriu ainda mais o sorriso. Num movimento de pescoço, parecia que me chamava.

Tentei alcançar a mão daquele índio, e num esforço senti que podia caminhar. O índio me puxou e fez um sinal para acompanhá-lo. Tudo em silêncio. Os pés dele, mesmo sendo enormes, não faziam barulho nenhum, e os meus pareciam que disparavam alarmes ensurdecedores.

Não quis falar nada. Só admirava aquele índio. Que paz, que amor, que energia sentia. Proteção e amparo eram as sensações daquele momento. Todavia minha mente me alertava: "cuidado, fique esperto".

Assim, racionalmente, ainda tinha medo, ou tentava ter medo, afinal onde estava? Com quem estava? Há quanto tempo? Como iria voltar para minha casa? Enfim, era natural sentir medo, ansiedade e ficar nervoso! Mesmo tentando, me esforçando, eu só sentia paz. Uma deliciosa onda de paz e serenidade. Uma sensação de esperança. E logo um sorriso se fazia em meu rosto, que com certeza estava abobalhado.

Olhando no entorno, parecia que não tínhamos saído do lugar. Tudo era exatamente igual, árvores gigantescas, com suas raízes expostas, os raios de Sol penetrando por entre as folhas, o chão coberto de relva, folhas e gravetos. Não se ouvia um pio, não se avistava um inseto, ou uma flor, ou pássaro, nada. "Que coisa estranha", pensava.

Voltei logo a me policiar e a buscar razões para o acontecido. Não compreendia como tinha chegado ali e não fazia a mínima ideia de como iria voltar. "Tenho que... Opa!" – não concluí meu pensamento. O índio parou e pôs a mão no meu peito. Olhou para mim com uma cara muito fechada. Colocou a mão na minha testa e fez sinal para que eu parasse de ficar pensando, tudo isso sem proferir uma única palavra. Apesar disso, as dúvidas pululavam em minha cabeça.

– Meu Deus, o Senhor tem que me ajudar! – externei em voz alta.

Nesse instante, levei uma mãozada no meu peito. O índio mais uma vez fez sinal para eu parar de pensar. Aquele sinal me deixou perplexo, pois como ele sabia que eu estava pensando? Fiz a ele um sinal que não estava pensando. Ele sorriu, um sorriso debochado, pois sabia que eu estava mentindo.

Voltamos a andar. Eu continuava assustado, sem saber o que fazer e sem respostas. Além do mais, aquele silêncio muito estranho me incomodava. Parei de sentir aquela energia tão boa, tão serena.

– Ei, ei, ei, volte aqui! – eu gritava para o índio, que de repente saiu em disparada. – Volte aqui, por favor!

Tentei correr em sua direção, mas nos dois primeiros passos caí, não tinha forças para me levantar. Olhei em volta e percebi que estava no local onde me lembrava ter acordado. As folhas que amassei para escutar o barulho estavam ali. "Como pode?", pensei, e um sono terrível me assolou, nem mais pensar eu consegui...

Acordei e senti minhas costas molhadas, um frio nos braços e na nuca. Olhei para meus pés e vi um par de sapatos estranhos que não eram meus, eram feitos de cascas de árvores... Espera aí, eu já vivi isso, me lembro que acordei aqui desse mesmo jeito, será um *déjà-vu*?

"Calma", pensei, "estou em uma floresta, o que está claro, onde há árvores muito grandes com raízes expostas, e eu já estive aqui", pensava sem parar tentando me acalmar.

A floresta é o Reino de Oxóssi, então decidi pedir licença aos Exus que fazem a guarda e cantar para meu Pai Oxóssi. Respirei fundo e pausadamente. Ainda não conseguia me levantar nem me sentar, mas mantive a calma e a concentração.

– Com licença a todos os Exus e Pombagiras destas bandas, que a força de Deus na luz de Oxóssi cubra suas jornadas. Peço a bênção para eu estar aqui e licença para cantar para Oxóssi. Laroiê, Exu! Exu é Mojubá! Saravá, Oxóssi! Okê! Okê, Aro!

E comecei a entoar as cantigas:

– Quem manda na mata é Oxóssi, Oxóssi é caçador, Oxóssi é caçador, ouvi meu pai assoviar, ele man... – parei por um instante porque escutei um assovio, outro assovio, mais um e voltei a cantar – ouvi meu pai assoviar, ele mandou chamar... – mais uma vez o assovio – vem de Aruanda êê...

E os assovios continuavam, continuavam, e de repente levei um susto, um índio gigante parou na minha frente, estendeu suas mãos e abriu um sorriso maravilhoso. Que paz, que energia! De novo aquela sensação de que a cena se repetia, pois tinha certeza que já havia estado na companhia daquele índio! Consegui me levantar e comecei a andar com ele pela floresta, e minha alma sentia uma energia tão brilhante, tão boa que mesmo as incertezas, diante da maior desorientação da minha vida, não faziam diferença, era como se estivesse na presença do próprio Oxóssi.

Comecei a agradecer a Deus e a Oxóssi pelo resgate e pelas energias. Pedi que eu pudesse entender tudo aquilo. Passei rapidamente a pedir para saber onde estava e como ia sair dali. "Meu Deus, como vim parar aqui?" E imediatamente o desespero começou a mexer no meu coração. Foi quando senti uma mão no meu peito, era a mão do caboclo a me guiar. Olhei para seu rosto, e ele fazia sinal para eu parar de pensar. Respirei fundo e percebi que não deveria me deixar levar pelo medo ou pelas incertezas e mantive a fé, afinal Oxóssi havia me escutado.

Em pensamento, comecei a cantar:

"Eu corri terra, eu corri mar,

Até que cheguei na minha raiz,

Ora, viva Oxóssi nas matas

Que a folha da mangueira ainda não caiu

Ora, viva Oxóssi nas matas

Que a folha da mangueira ainda não caiu".

Depois emendei outro ponto cantado:

"Quem é o cavaleiro que vem lá de Aruanda,

É Oxóssi em seu cavalo com seu chapéu de banda,

Quem é esse Cacique glorioso e guerreiro

É Oxóssi em seu cavalo

Iluminar este Terreiro!

Vem de Aruanda ê! Vem de Aruanda á!

Vem de Aruanda ê! Vem de Aruanda ááá!"

Respirei profundamente e voltei a sentir uma paz, aquela paz indescritível. Olhei em volta e estava tudo absolutamente igual, as árvores, as raízes... Achei estranho, tudo igual, mas não queria me assustar. Voltei a olhar para a frente e a seguir aquele que me conduzia. Para me manter em paz, comecei novamente a cantar em pensamento:

"Caboclo é seu Mata Virgem,

Quando ele rufa seu tambor lá na Jurema,

Auê ele é caboclo, bamba

Vem lá das matas para salvar filhos de Umbanda,

Auê ele é caboclo, bamba

Vem lá das matas para salvar filhos de Umbanda."

Estava naquele momento perdido, mas nunca tinha me sentido tão bem, tão em paz. Uma vez mais um ponto cantado veio me iluminar:

"Eu me perdi

Oxóssi me achou,

Oxóssi não é caça

Oxóssi é caçador!"

Ao cantar, escutei muitos silvos e uma série de pequenos gritos, uma algazarra se fez por todos os lados, mas uma algazarra muito gostosa. Comecei a observar os lados, e pronto, o sorriso estava estampado em meu rosto. Senti uma avalanche energética, como se entrasse em todos os meus poros.

Não me contive e comecei a chorar de emoção, chorar por toda aquela energia e perceber que tudo era muito lindo e como aquela energia era pura, transparente. Vi inúmeras crianças indígenas acompanhadas por milhares de seres, que não sei bem descrever, e todos saíam das árvores, da relva, pulavam no ar, saltavam no ar, levitavam. Estava eu em êxtase, que bênção!

– Obrigado, Oxóssi! Okê! Okê, Arô! – gritei, interrompendo meu silêncio.

De repente centenas de "Okê! Okê! Okê! Okê!" foram surgindo de todos os lados da floresta.

Meu Deus, que emoção, podia sentir Oxóssi em tudo.

– Meu pai, okê! Okê, Arô! – eu gritava e ao mesmo tempo ouvia outros "okês" de todos os lados.

Então surgiram índios e caboclos correndo em minha direção e na direção do índio que me conduzia. Os curumins faziam danças, batiam no chão, cantavam, sorriam, pulavam em minha volta; os seres da floresta levitavam em velocidade indescritível, era uma coisa incrível, era um balé divino. Eu estava boquiaberto e em prantos. Absolutamente feliz. Olhei para o índio que me conduzia, e ele demonstrava um sorriso de um pai que acaba de ver seu filho nascer.

Ele olhou para mim, me pegou no colo, me jogou em suas costas e saiu em disparada. Imediatamente foi acompanhado por todas as crianças, na verdade curumins, e ladeado por centenas, milhares de outros índios.

O silêncio de outrora agora era preenchido por silvos, gritos, todos de felicidade. A velocidade que o índio corria era inimaginável, nunca corri daquele jeito, nem senti isso andando de avião. As árvores passavam tão rápido que suas formas não eram possíveis de ser identificadas, via apenas um borrão verde. Entretanto, os gritos e a imagem dos caboclos que estavam comigo eram nítidos, ou seja, estavam correndo na mesma velocidade que nós.

Sentia cheiros, cheiro de erva, cheiro de mato, cheiro de flores... Até aquele momento não tinha percebido nenhum cheiro, mas agora vinham muitos misturados, afinal estávamos correndo.

Paramos, olhei em volta, e a paisagem havia mudado, além de muitas árvores e do Sol, tinha flores e arbustos, pássaros que voavam em nossa volta, pulando nos galhos. Era muita vida! Em todo lugar a vida surgia. "Que lugar é este?! Que paraíso!", exclamava em pensamento.

2
A purificação

Quando me dei por conta, novamente só havia eu e o índio que me conduzia. "Onde foram os demais?", pensei. Mas eu estava tão absorto com a beleza do lugar que logo continuei a admirar sem me questionar. Os cantos dos pássaros, o barulho do vento, os macacos e os mais diferentes cheiros, tudo isso me transmitia uma paz que não cabia em mim. Aliás, é impossível descrever em língua escrita ou mesmo falada, sendo somente possível na "língua sentida".

O índio fez um sinal para eu esperar e me sentar e saiu correndo. Sentei-me, estava em puro júbilo.

– Deus, meu pai, meu pai Oxóssi, muito obrigado por eu poder viver isto, muito obrigado, meu pai! – falava em voz alta, enquanto meus olhos se enchiam de água. Era muita felicidade e paz.

Ainda sentado em meio àquele paraíso, pedi a Oxóssi, senhor daquelas terras, que me ajudasse, afinal como estaria minha família, como tinha eu parado ali, naquele lugar, naquele mato? Dessa vez minha oração foi sincera, não tinha medo ou desespero, apenas pedi que me ajudasse e protegesse com carinho minha família. Estava em estado de alma que imagino ser dos Libertos, dos Iluminados, dos Anjos, dos caboclos, sei lá, uma maravilha!

Não cansava de exaltar aquele momento. De repente, me deu uma vontade de tentar entender como eu havia chegado ali. "Será que se eu pensar com calma vou descobrir?", perguntei-me, mas não deu tempo, pois o índio surgiu ao meu lado me convidando para voltar a andar. Levantei e caminhei ao seu lado, fomos entrando em uma floresta mais densa, com mais umidade.

"Devemos estar indo em direção a algum rio ou cachoeira", pensei. Ao fundo escutava muitos pássaros e um barulhinho de água, e logo o ambiente foi tomado por uma névoa de água. "Acertei!", vibrei com meus botões.

Era engraçado ter tantas perguntas, querer saber tanta coisa, mas na hora de falar não sair absolutamente nada, nem vontade tinha de conversar quando estava ao lado daquele índio. Não conseguia sequer falar "obrigado", mas meus gestos e meus sinais deixavam claro para ele a minha gratidão, que ele reconhecia sempre com um lindo sorriso e uma chamada para continuarmos.

O barulho da água foi ficando cada vez mais forte, era uma cascata ou uma cachoeira; parecia que o Sol tinha ficado mais fraco ou tinha sumido, mas não dava mais para ver, a mata era muito fechada. Ao passar pela última árvore, uma enorme cachoeira, muita caudalosa, se apresentou a nós. Uma irradiação bem diferente pairava no ar, uma leve e abençoada energia, olhei para o índio, que estava sentado agora do meu lado.

Ele estava olhando para a cachoeira e fez um sinal para eu descer o morro e tomar banho naquelas águas. Confesso que desde o primeiro momento que vi e senti aquelas águas queria mergulhar, mas a cachoeira era alta e tive medo. "Será que não me machucaria?" Comecei a descer para atender ao pedido do índio, que apenas me seguiu com os olhos.

Olhei de novo para o caboclo, e ele me mostrou, com gestos, de um lado a floresta e de outro a cachoeira, mostrando que são dois reinos. Fiz que entendi com a cabeça e voltei a descer. O índio me segurou e repetiu o sinal: de um lado a mata e de outro a cachoeira. Ergueu os ombros como quem faz a pergunta "e daí?"

Fiquei olhando para ele com ar de ignorância, não tinha entendido. Então ele pegou minhas mãos e me fez bater os punhos, um contra o outro. "Espera aí, entendi!", pensei. Era para cantar e pedir licença a Exu, afinal estava entrando em outro Reino. Saudei com os punhos e comecei a falar:

– Saravá, Exus das Matas, obrigado pela proteção; Saravá, Exus das Cachoeiras, peço sua licença e sua bênção para adentrar no Reino de Oxum; Laroiê, Exu! Exu é Mojubá; Saravá, Oxum! Aiêeu, minha mãe, Ora ie iê ô, Oxum.

Ainda estava finalizando a oração, e o índio já fazia sinal para eu continuar a caminhada. Quando dei meu primeiro passo, senti um Sol forte, e uma chuva começou a cair, mesmo não havendo nenhuma nuvem no céu, que estava completamente azul. "Que estranho! Chuva sem nuvem", pensei, e logo um enorme e nítido arco-íris se fez presente. Uma forma a me saudar. Emocionado, continuei a descer, e o índio ficou sentado me observando.

"Por que vou tomar banho nesta cachoeira?", pensei. "Ele manda, e eu obedeço? Simplesmente assim? Espera um pouco..." Ao ficar pensando nisso, senti um "ploft", tomei uma pedrada na cabeça! Olhei para cima, e o índio estava de pé me olhando e fazendo sinais que não podia pensar daquele jeito... Era impressionante, o índio lia tudo que eu pensava, e sempre que eu fugia do momento, deixando minha mente inquieta com dúvidas, ou mesmo se ela estivesse descuidada, ele me chamava a atenção. Voltei a observar a beleza e a energia que me rodeavam; aquela água caindo, a névoa que se formava, a chuva, o Sol, o céu azul, o arco-íris e o canto de inúmeros pássaros.

– Com certeza, isto é um presente divino, é um presente de Deus – agradecia em voz alta. – Obrigado, meu Deus, sua bênção; sua bênção, minha Mãe Oxum! Ora ie iê ô, mamãe.

Depois disso, não parava mais de pensar na gratidão por estar ali, a energia era acolhedora, confortava minha alma e minha mente. Me aproximei da cachoeira, ao chegar ali, embaixo dela, tirei minha roupa e comecei a cantar:

– Quem banha nas águas de Oxum!

Recebe as forças do céu!

Quem banha nas águas de Oxum!

Recebe as forças do céu.

O que senti era um encantamento, me sentia lavado, reenergizado, meus pensamentos ruins e minhas dúvidas tinham de vez sucumbidos naquela água e naquele cenário divino. Não queria sair daquele lugar, a água não me machucava, também não sentia frio, não sentia calor, me sentia apenas acolhido e amado, me sentia acalentado. Em profunda gratidão, comecei a cantar:

– Eu vi Mamãe Oxum na cachoeira

Sentada na beira do rio,

Eu vi Mamãe Oxum na cachoeira

Sentada na beira do rio,

Colhendo lírios lírio ê,

Colhendo lírios lírio á,

Colhendo lírios para enfeitar o meu Congá,

Colhendo lírios lírio ê,

Colhendo lírios lírio á,

Colhendo lírios para enfeitar o meu Congá.

Passei a ver seres saindo das margens, e na névoa tinha milhares de outros seres, pareciam todos angelicais. Tive a impressão que todos cantavam. Acalmei minha mente ainda mais e me concentrei naqueles seres.

Escutei nitidamente um sussurro, muitos sussurros que me penetravam a alma. Não sei escrever nem descrever a música, o canto, mas sei que nunca me senti tão leve, parecia que eu estava em um desenho animado, flutuando.

Em um instante, um rosto se formou no meio daquelas águas, na mistura das névoas com a cachoeira. Se olhasse contra o Sol, era nítido a presença de um rosto, um rosto feminino, de uma beleza encantadora. Olhei para fixar e entender e escutei:

– Seja bem-vindo às minhas águas! Purifique-se, banhe-se e deixe aqui tudo o que é perturbador, que o desvie ou afaste de Deus. Você conhecerá o mundo encantado.

Ao escutar aquela beleza, me lembrei de outro ponto e comecei a cantar:

– E Vai, vai, vai e vai beirando o rio e

vai Mamãe Oxum para todo mal levar,

E Vai, vai, vai! e vai beirando o rio e

vai Mamãe Oxum para todo mal levar.

Senti que nas águas ficaram todos os meus medos, saí com uma fé forte e que me preenchia totalmente, não cansava de agradecer e louvar a Deus e aos Orixás. Era hora de sair, então agradeci, pedi licença e comecei a subir em direção ao índio, mas não consegui, tudo ficou escorregadio, tentava, tentava e nada. Tentei mais uma vez e nenhum sucesso. "Será que me esqueci de algo?", pensei.

Voltei ao rio e à cachoeira. Pedi que Oxum me instruísse, pois acreditava que tinha algo a fazer ainda. E como uma torneira que a gente liga e desliga, a cachoeira parou, não escorria mais uma gota. Olhei para cima, e onde caía a água tinha uma escada, uma espécie de escada esculpida pelas forças de Oxum.

"Será que preciso subir? Será que devo subir?", pensei e olhei para o outro lado, tentando enxergar o caboclo. Lá estava ele de pé. Fez um sinal de positivo, confirmando minha intuição, porém me fez um sinal que eu deveria primeiro mergulhar, afundar a minha cabeça no rio.

Mais uma vez obedeci, e ao mergulhar senti um redemoinho me sugando, uma força me puxando para baixo. Não tive nenhum medo e me deixei levar. Lá embaixo uma pedra reluzia. "Deveria pegar? O que fazer?" As forças me levavam bem em direção àquela pedra. Fiz menção de pegá-la, mas senti naquele mesmo momento um não, então apenas beijei e abracei aquela pedra, e a força que me puxou para baixo instantaneamente cessou. Consegui voltar à superfície.

Uma luz se alojava dentro de mim, algo inacreditável tinha acontecido, como se ao tocar naquela pedra a luz dela, o que reluzia nela, ou pelo menos um pedaço, ficou dentro de mim. Agradeci, agradeci muito a Oxum, e a mesma voz de antes me sussurrou:

– Quando precisar, basta acionar esta luz e você estará aqui, se banhando, se lavando nas águas de Oxum.

Muito agradecido, comecei a subir as escadas que a cachoeira, seca agora, tinha me revelado. Daqui a pouco, mais uma pedrada! Olhei para o índio, e ele me lembrou que eu estava pelado e que deveria pôr as minhas vestes. Com um sorriso, meio envergonhado, fui até a pedra em que havia deixado as vestes.

Ao apanhá-las, percebi que elas estavam secas; "como assim secas?" A chuva não parava de cair, tudo ali estava cheio de névoas, de águas caindo... Como tudo era estranho, mesmo ficando impressionado, segui em direção ao morro, dessa vez com roupas.

3
A subida

    Comecei a subir o morro que até pouco tempo era uma cachoeira, olhei para o barranco onde o índio que me acompanhava havia ficado, mas ele não estava mais lá, e um certo frio tomou conta da minha espinha, um certo medo, confesso. Comecei a me desesperar, pois percebi como a presença daquele índio me passava segurança e me deixava mais relaxado. Passei a me preocupar com meu destino novamente. O que seria de mim naquele lugar que não conhecia? Como saberia para que lado ir, como me deslocaria? Toda aquela energia de paz e acolhimento que pairava no meu coração sucumbiu. Minhas forças foram diminuindo, minhas pernas fraquejaram, e minha cabeça voltou a pesar.

    Eu já me encontrava a uma altura considerável, se eu perdesse as forças e caísse, com certeza iria me machucar. Cada vez que eu me desesperava mais, menos força eu possuía. O que eu podia fazer?

Lembrei-me de todas as vezes que me deixava levar por pensamentos como aquele e era advertido pelo índio, e quando teimava tudo entrava em ruínas; tudo sucumbia. "Tenho que mudar meu pensamento", pensei. "Ótimo! Mas como?" Sabia o que fazer, entretanto parecia que me faltavam instrumentos. O pânico foi crescendo, pois além do medo e da insegurança, saber que não poderia pensar daquele jeito me apavorava.

Minhas pernas não tinham mais nenhuma força, estavam bambas e não mais sustentavam meu corpo. Senti um frio a me ocupar. Foi nesse momento que me lembrei de que o medo paralisa a mente e ela pode ficar descontrolada; quanto mais nos desconcentramos, mais ela é dominada pelo pavor. Assim tomei uma decisão: "preciso de uma terapia de choque! Não vou me deixar levar por este pavor! Tudo que me aconteceu aqui foi absolutamente único e maravilhoso".

Depois desse pensamento, pedi a Deus e aos Orixás e fui atendido, entendendo que não posso simplesmente jogar fora todo esse aprendizado. Se eu me sentir fraco e com medo é porque eu não tenho fé. Logo me surgiu um ponto e comecei a cantá-lo:

– Preto Velho tá cansado, de tanto trabalhar,

Preto Velho tá cansado de tanto curiar,

Canta ponto, firma ponto que é longa a caminhada

Quem tem fé tem tudo

Quem não tem fé não tem nada

Quem tem fé tem tudo

Quem não tem fé não tem nada.

Esse ponto resume tudo: mesmo cansado, a caminhada ainda é longa. Basta ter fé que tudo se ajeita!

– Saravá, meu Pai Oxalá, senhor da fé, da razão, o grande Pai. Me perdoe pela fraqueza, pela fraqueza do meu caráter, pela pouca fé deste seu filho. Sua bênção Senhor, Epá Babá Oxalá.

Falava bem alto como para me convencer. Na verdade, não falava alto, eu gritava. Queria que meus ouvidos e minha mente só escutassem minhas orações e minhas súplicas. Como que ao gritar eu pudesse calar dentro de mim os meus instintos de medo e pavor.

– Oxalá é o grande Orixá da Umbanda. Senhor que enviou tantos Mestres em nossa Terra; enviou seres para inspirar seus filhos; enviou e possibilitou que todos tivéssemos uma forma de conhecer Deus e Sua sabedoria. Peço agora, meu Senhor, perdão! Ilumina-me, ilumina minha mente e ajude-me a controlá-la. Jesus! Jesus Cristo, meu grande Mestre, clamaste aos Apóstolos que tivessem fé, pois com fé até as montanhas poderiam ser removidas...

Quanto mais me ocupava em rezar e ter argumentos para me convencer a ter fé, menos sentia as paixões inferiores que estavam me dominando naquele momento.

– Acredito na tua luz, meu pai Oxalá; creio em Jesus, e ao Senhor peço a bênção. Epá Babá Oxalá! Epá Babá Oxalá!

Respirei fundo e consegui voltar a raciocinar, pois o pavor havia travado minha mente, e apenas o pânico fazia morada em minha cabeça. Ainda estava trêmulo, sem forças e na iminência de cair daquele morro, porém, de certa forma, mais lúcido graças à fé em meu pai Oxalá. Então saudei os senhores Exus e as senhoras Pombagiras:

– Oi, salve, Exu; salve, rei da encruzilhada

Pois sem Exu não se pode fazer nada.

E emendei outro ponto cantado:

– Umbanda sua Rainha chegou

Umbanda mais uma estrela brilhou

Oi, salve, salve, Pombagiras

Que vêm da encruzilhada

Para alegrar nossa Gira

Oi, salve, seu ponteiro de aço

Salve, sua tesoura que corta todo embaraço.

Era claro, estava eu numa encruzilhada, era isso! Precisava escolher que caminho tomar. O da fé ou o do medo; do esforço ou da entrega!

– Meu pai Exu e minha mãe Pombagira, em nome dos senhores, peço proteção a todos os Exus e Pombagiras. Nesta encruzilhada, eu escolho a fé, escolho o trabalho, escolho o esforço. Não vou sucumbir! Dai-me forças para eu dominar meu pânico, dai-me a certeza da tua presença – rogava em voz alta.

– Laroiê, Exu! Laroiê, Pombagira!

Uma força tomava conta de mim. Sentia um impacto, como um solavanco. Minhas pernas começavam a se firmar e a ficar cada vez mais fortes. Respirei fundo, agradeci em voz alta e continuei a pedir. Afinal, ainda estava fraco e com bastante medo. Também estava mais lúcido, mais empoderado de minhas faculdades mentais. Pensei que o medo iria apenas me destruir, tirava minhas forças, minhas energias e impedia que eu sentisse toda vibração maravilhosa daquele lugar.

O medo não me protegia, mas a fé sim, esta me erguia, me dava o caminho, recuperava minhas forças, me conectava com tudo que estava à minha volta naquele abençoado local. Logo, me deixar levar pelo medo era uma escolha no mínimo não inteligente, por isso comecei a rezar:

– Saravá, Exus e Pombagiras! Que Deus permita minha permanência neste paraíso e me perdoe pelo descontrole da minha mente. Peço aos senhores e às senhoras a proteção e a guarda deste filho de Umbanda. Minha mãe Oxum, a senhora permitiu que eu me banhasse em suas águas tão cintilantes, que me limparam e me confortaram, agora rogo que me livre dessa energia, desses pensamentos por mim mesmo criados, que me entristecem e me intoxicam com medo e me afastam de Deus.

Intuitivamente lembrei-me da pedra iluminada daquele rio, da voz me dizendo que sempre que precisasse deveria pensar na pedra e na luz; Oxum iria me abençoar. Pensei fortemente na pedra, no banho da cachoeira e no local onde a pedra estava dentro de mim e voltei a cantar:

– Quem banha nas águas de Oxum

 recebe as forças dos céus.

Quem banha nas águas de Oxum

recebe as forças dos céus.

A cachoeira voltou a jorrar água, e eu, mesmo estando no meio da escalada, me banhei nas águas abençoadas de Oxum, que se derramavam sobre mim. Sentia como mãos me pegando, me abraçando. Provei um caloroso e profundo carinho, e um beijo na minha testa se fez. Via várias imagens, seres e peixes com bocas protuberantes, que ciscavam, beijavam todo meu corpo. Suas bocas tiravam pequenas larvas de mim, em especial de meu peito e da região do meu quadril.

– Oxum, minha mãe! Ora ie iê ô! Ora ie iê ô, Oxum! Salve, benevolente mãezinha! Ora ie iê ô! – falava sem gritar.

Tinha finalmente recuperado meus poderes mentais, minhas energias, conseguia sentir a beleza e o amor de todo o lugar. O pânico não fazia mais morada em mim. Como pude me deixar levar por sentimentos tão estranhos naquele paraíso?

– Meu Deus, agradeço ao Senhor por estar aqui, por me dar forças, por acalmar minha mente e por recuperar minhas falhas, que tanto me afastaram do Senhor. Obrigado! Aproveito para Lhe pedir: guarde minha família, Senhor, guarde e proteja todos os meus, que eles possam saber que estou bem e que sinto a fé e a certeza da Sua existência. Se estou aqui, permita que possa Lhe atender, Lhe servir, faça de mim seu instrumento.

Minha fé e minha devoção estavam muito fortes, voltava a me sentir pleno. As águas da cachoeira cessaram novamente e, no mesmo instante, surgiu um lindo arco-íris. Olhei para mim e vi que minhas roupas estavam novamente secas, meu cabelo estava molhado, mas meus pés secos. Olhei a escada esculpida naquele morro e voltei a subir, afinal tinha certeza que deveria escalar até o topo.

Havia enfim recuperado as forças e estava com a mente calma e em paz, com meus pés em movimento e agradecendo, sempre cantando para não dar espaço para meus instintos covardes. Cantarolava para Oxum, para Oxóssi, para Oxalá. Saudava as forças da natureza, me lembrando dos caboclos que tinham os nomes ligados àquelas belezas.

– Salve, o Caboclo da Cachoeira

Salve, o Caboclo das Sete Cachoeiras

Salve, todos os caboclos destas paragens.

Meu Pai Xangô é rei lá na pedreira

Também é rei Caboclo da Cachoeira

Na sua aldeia tem os seus caboclos

Na sua mata tem a cachoeira

No seu saiote tem pena dourada

Seu capacete brilha na alvorada.

Olhei para cima e percebi que a escada era maior do que eu tinha pensado. Não parava de subir, não parava de cantar, bem como não conseguia parar de olhar e apreciar todas as belezas daquele local: ninhos de passarinhos, flores, lírios, samambaias e bromélias. A rocha era desenhada pelas forças das águas, que a deixavam polida e lustrosa, cheia de musgo. Tudo era motivo de encanto.

4
A subida II

Parei para descansar em uma saliência um pouco maior e consegui me sentar. Olhei para o horizonte e da altura que estava conseguia ver o caminho que aquelas águas percorriam. Pareciam que cortavam a mata. Por todos os lados, só enxergava a copa das árvores, nenhuma clareira. As únicas partes que não estavam verdes era o leito do rio, em seu zigue-zague. Pássaros de vez em quando cortavam minha visão, uma paisagem digna das melhores fotografias.

Observei que estava em uma altura muito considerável e incrustado em uma rocha dura. Dos lados, em cima, tudo em minha volta era rocha sólida. Que montanha alta! Nisso me veio a forte lembrança do Caboclo Sete Montanhas e comecei a cantar:

– Pelas bandas de Aruanda
 Descendo a terra daquela montanha
Vi um caboclo formoso
Que serve a Deus todo poderoso
Chegou "Seo" Sete Montanhas pelas bandas de Aruanda
No laço das pedreiras
Descendo as cachoeiras
Chegou "Seo" Sete Montanhas.

"Que engraçado", pensei, "será que ele, o Caboclo Sete Montanhas, estaria por aqui?" Senti em minha alma uma resposta: "sim!" Uma certeza em meu peito e em minha alma. Tudo gritava que o Sr. Sete Montanhas estaria ali. Aliás, ali era seu reino!

– Que legal, que emoção! Salve, seu Sete Montanhas! Sua bênção, meu pai! – falei em meio a suspiros de alegria. – Saravá, meu Pai Xangô! Kaô, meu pai! Kaô Kabecilê, Kaô Kabecilê Obá!

Como não tinha percebido antes, que lástima! Os reinos se alternavam! Eu não tinha saudado o Senhor das Pedreiras, o Senhor das Montanhas! Comecei a rir e não conseguia parar. "Como pode tantos anos na lida umbandista e com tantas preocupações de não ruir no medo que nem a energia tinha sentido que mudara", pensei e continuei a rir sentado no alto daquela serra.

Era preciso voltar a subir, tudo estava muito bom, muito legal, mas sabia que tinha que continuar. Levantei e saudei:

– Salve, todos os Exus, Pombagiras e demais espíritos guardiões deste Reino! Peço licença para continuar minha jornada e adentrar no espaço sagrado de meu Pai Xangô. Sua bênção e sua licença, Laroiê, Exu! Exu é Mojubá! Saravá, meu Pai Xangô! Kaô Kabecilê, meu pai! Que eu possa entrar e permanecer neste espaço. Que eu sinta a sua força, Saravá, Xangô, Kaô, Kaô, meu pai!

Saudando Deus em sua vibração original, que chamamos de Xangô, reiniciei minha caminhada morro acima. Não sem continuar a cantar:

– Dizem que São João Batista é Xangô

Dono do meu destino até o fim

Se um dia me faltar

A fé no meu Senhor

Derrube estas pedreiras sobre mim

Se um dia me faltar

A fé em meu senhor

Derrube estas pedreiras sobre mim.

Canto em meio a muitos risos, pois me lembrava que pouco antes estava eu paralisado aos pés deste mesmo morro com medo e sem fé! Queria ver se eu iria cantar "derrube esta pedreira sobre mim" lá embaixo. Comecei a rir pelo meu tropeço, pela minha falha e minha pouca fé. Realmente estava diferente, pensava. Continuei a subir pedindo a bênção a Xangô e ao Seu Sete Montanhas.

– Quanto tempo teria passado desde que eu acordei na floresta? – perguntei sussurrando.

Esse pensamento não era de perturbação, mas, sim, de curiosidade, pois o Sol parecia estar na mesma posição no céu. Entretanto, como tudo naquele lugar tinha vida própria, não achava mais nada estranho e continuei a subir entoando os pontos de Xangô e de seus caboclos:

– Subi na pedreira subi

Pedra rolou corisco de Xangô

Dizem que Xangô mora nas pedreiras

Mas não é lá sua morada verdadeira

Dizem que Xangô mora nas pedreiras

Mas não é lá sua morada verdadeira

Xangô mora numa cidade de Luz

Onde está Maria e o Menino Jesus.

Foi nesse momento que comecei a escutar trovões. Estes faziam as vegetações se mexerem, literalmente. Os trovões eram tão fortes que as folhas se mexiam. Imagine meu corpo! Imagine meus ouvidos! No começo saudei Xangô, porém foram tantos e tão altos que comecei a ter medo.

E lá estava o medo me perturbando de novo! Estava assustado, e a cada trovoada um susto. O barulho era tão forte que quase caía para trás. Obviamente se eu caísse a queda seria um tanto quanto dolorosa, para não dizer fatal. Não podia me permitir mudar a vibração! "Se o medo tomar conta de mim de novo, vou querer me bater", pensei.

Na verdade, estava bem aflito, assustado, com receio de tomar um raio, de cair e com medo de ter medo... foi nesta hora que comecei a rir. Pouco adiantava saber que não podia me deixar levar pelos sentimentos mundanos, não adiantava vivenciar que o medo e as incertezas me prejudicavam, já que quando alguma coisa saía um pouco do controle, lá estava o medo a me assombrar. Este era tão forte que me fazia sentir ele até quando não mais o queria! Era o medo do próprio medo. E isso com certeza me fazia rir e perceber como era suscetível aos instrumentos e aos instintos, como eu era fraco.

E veio outro trovão seguido de um clarão muito forte. O Sol estava ali, mas o clarão foi tão grande que foi mais forte que a própria luz do Sol.

– Xangô é corisco

Nasceu na trovoada

Xangô é corisco

Nasceu na trovoada

Trabalha na pedreira

Acorda de madrugada

Trabalha na pedreira

Acorda de madrugada

Longe, tão longe
Aonde o Sol raiou
Longe, tão longe
Aonde o Sol raiou
Saravá, Umbanda
Oi, Saravá, Xangô
Saravá, Umbanda
Oi, saravá, Xangô.

Depois de cantar, fiquei indeciso sobre o que fazer:

– Ou continuo a subir, ou paro e aprecio o espetáculo dos trovões. De um jeito ou de outro, estarei vulnerável aos raios. Portanto, o medo de nada me adianta. Se tivesse uma caverna, eu me esconderia, mas não tem, portanto, vamos lá! – falei alto, dando um basta aos meus temores e pavores.

E dá-lhe cantar em voz alta

– Saravá, Xangô! Kaô Kabecilê, Kaô, meu pai!

Os trovões não cessaram, na verdade se intensificaram. Continuei a cantar e subir. Tinha levado vários sustos, o medo era presente, todavia também sentia que era Xangô bradando, portanto nada a temer. Olhei para cima e percebi que tinha passado do meio. Parei e mirei para os meus pés. Logo uma vertigem tomou conta de mim e me abracei naquela rocha, naquela pedra.

– Uau! Que altura devo estar? – falei alto, como se alguém estivesse ali comigo.

O engraçado é que quando estava lá embaixo, tomando banho na cachoeira, sabia que era alto o morro, mas não parecia tanto. Não conseguia virar e olhar o horizonte, pois não tinha espaço para os pés. Só conseguia um pouco para cima e um pouco para os lados. Por tudo havia somente pedras, a própria montanha.

Subi mais e mais, sempre cantando e acompanhado dos trovões incessantes. Entre um trovão e outro, comecei a escutar uns estalidos, como galhos secos quebrando. Parei de cantar para identificar o som, contudo os trovões eram muitos e ficava difícil escutar qualquer coisa ou identificar os sons. Então, continuei a jornada. No fundo queria saber que som era aquele, e cada passo que eu dava aumentavam os estalos e estalidos. Foi quando consegui identificar. Era o barulho de uma fogueira! Olhei para cima e não vi nada. Tentava olhar, tentava cheirar, não havia cheiro de fumaça! "Será que alguém pôs fogo ou foi um raio?", pensei.

Continuei a subir e logo cheguei a um platô onde consegui descansar. Recostei-me em uma pedra e vi vários arbustos naquele espaço. Avistei o horizonte, mas não via mais as árvores. Parecia uma foto aérea sem as nuvens.

– Nossa! Que altura considerável! Subi tanto assim?

Apesar da grande escalada, não me sentia cansado nem com dores nos músculos, mesmo depois de tantas horas de subida. Nesse momento, fiquei com sono e resolvi descansar. Fechei os olhos e adormeci. Os trovões não mais me assustavam.

5
O fogo

Acordei com um calor muito forte, parecia que estava num forno. Suava em bica. Olhei para os lados e vi que tudo estava pegando fogo, os arbustos, o chão, as pedras... Para cima, o caminho estava incendiado, havia trovões e barulho de estalos, e as chamas tomavam conta do ambiente agora.

– O que eu vou fazer? Como não vou ter medo? Como não entrar em pânico agora? Deus, meu Pai, estou aqui e não quero esmorecer, nem ceder ao medo, muito menos ao pavor, mas estou preocupado e assustado. Como vou sair deste incêndio? E se o fogo vier em minha direção? – rezava como querendo uma luz e algo para espantar o medo.

Recebi uma intuição para olhar atentamente ao fogo. Ao mirá-lo, percebi que não havia fumaça e que tudo estava em chamas, porém não era consumido por esse fogo. Os arbustos mantinham até mesmo suas folhas. Eu apenas sentia o calor.

– Meu Pai Xangô, cá estou em suas terras e vejo seu fogo. Não sei o que fazer! Me ajude, meu pai, por favor! Kaô, Kaô Kabecilê! – assim chamava por Xangô. Foi quando escutei no meio das labaredas uma voz rouca e bem grave ordenando:

– Suba, suba, suba! – falou três vezes, para que tivesse certeza que eu escutaria a mensagem.

– Subir? Mas o caminho está tomado pelo fogo! O que fazer?

Mais uma vez senti para olhar o fogo, os arbustos. Estavam em chamas, porém não queimavam, não eram destruídos, não tinha fumaça.

– Entendi, o fogo não iria me consumir, não pegaria fogo! Será que é isso, meu Pai Xangô? O Senhor me autoriza... O Senhor me autoriza a pôr a mão e o corpo no seu fogo sem que isso me consuma? – perguntei alto na esperança de a voz me responder. Ainda repeti três vezes para me certificar que me ouvissem, como fizeram comigo.

A mesma voz falou:

– Se você não tiver nenhum julgamento contra si mesmo, pode subir.

A mensagem tinha sido clara. "Se eu tenho algum julgamento comigo? Agora não estou julgando ninguém nem mesmo Deus ou os Orixás por estar ali, mas me julgar? Estar me julgando?", fiquei me questionando, pois nunca tinha pensado nisso.

– Estou me julgando? – falava em voz alta, buscando dentro de mim a resposta.

Comecei a vistoriar meus sentimentos, minha mente e meus pensamentos, sem encontrar respostas, então perguntei:

– Como vou saber se me julgo?

Nada vinha em contrapartida. Pensei comigo: "eu não vou entrar no fogo enquanto não tiver certeza". Voltei a me sentar e a rezar para que Deus me ajudasse a refletir. Cerrei meus olhos em busca dessa resposta. Em seguida, escutei um barulho, abri os olhos e vi o fogo se aproximar. Para deixar o clima mais tenso, começaram a rolar pedras lá de cima.

– Meu Deus, e agora? – fiquei amedrontado, imaginando morrer ali com uma pedrada na cabeça e sozinho.

Não estava conseguindo mais cantar, nem controlar meus pensamentos, tinha apenas sentimentos de pavor, saudade, medo... Então comecei a socar o chão e a me perguntar: "como posso ser fraco assim? Como posso me perder?" A resposta estava clara, mas demorei para percebê-la: eu não parava de me julgar!

Gritei meio desesperado:

– Não tenho, meu pai, como subir, pois não paro de me julgar, me ajude!

O fogo ao meu redor sumiu. Em cima, o caminho ainda era tomado pelas chamas, mas pelo menos o fogo não mais estava me ameaçando ou vindo em minha direção, e muito menos as pedras iriam me matar, pois não estavam mais caindo.

– Obrigado, Xangô! Saravá, meu pai! Kaô Kabecilê Obá!

Decidi respirar fundo várias vezes e cantar, para me equilibrar. Após algumas horas cantando e rezando, voltei a me sentir mais equilibrado e perguntei em voz alta:

– Meu pai, como faço para sair daqui?

A voz rouca voltou a falar:

– Pare de se julgar e assim vencerá o fogo da justiça de Xangô.

Tinha entendido o que ele havia me dito desde a primeira vez, todavia não sabia como colocar o ensinamento em prática.

– Meu pai, me julgo o tempo todo, a cada ato, a cada instante. Julgo para saber se estou fazendo o certo, se estou no caminho ou se estou correto, ou mesmo para saber se aprendi a lição. É meu discernimento! Como cessar isso?

A voz rouca bradou de novo:

– Avaliar, refletir, ponderar, descobrir, mensurar e reavaliar não são sinônimos de autojulgamento. Se você estiver livre de julgamentos de si mesmo, poderá entrar no fogo.

Fiquei sem entender nada, o que seria me julgar então? Como responder àquela voz e enfrentar o fogo.

– Meu pai, não sei o que é julgar, preciso de suas bênçãos e respostas para entender o que quer dizer – supliquei ao além.

Não obtive nenhuma resposta, e no fundo comecei a achar que não iria conseguir sair dali. Olhei para baixo e tive vontade de descer, já não tinha mais como subir.

– Não posso desistir – bradei. – Subi até aqui com coragem, vamos em frente! Vou subir o morro agora! – gritei bem alto a Xangô e voltei a escalar.

Na subida, me aproximei do fogo e pus minha mão na pedra flamejante todo imbuído de razão e coragem.

– Ai! – gritei.

Comecei a assoprar minha mão. Era como pegar uma forma que tinha ficado horas dentro de um forno, a dor era insuportável. Escorreguei e caí, sorte que tinha poucos metros até o platô.

– Meu Deus, como vou conseguir subir agora? Não bastasse o fogo agora minha mão está em carne viva!

Ao exclamar isso, senti que uma das plantas que estava naquele platô se iluminava, então intui:

– Vou pegar estas folhas e colocar na minha mão. Não pode ser à toa que ela se iluminou!

Aproximei-me do arbusto e pedi licença aos meus pais Oxóssi e Xangô, senhores daquelas terras, para usar e colher aquelas plantas. Peguei as folhas, macerei em uma pedra com um pouco de saliva, formando uma pasta. Coloquei na minha mão. Que alívio! Era um bálsamo. Que delícia!

Notei que estava muito perturbado, com medos, ideias e preo-cupações que inundavam minha mente, era necessário voltar a me acalmar para sentir as bênçãos do local e as energias do meu Pai Xangô. "Depois eu penso no fogo, depois eu penso em tudo mais", pensei. Foi quando entoei uma série de cânticos e orações, e mais algumas horas se passaram.

Sabia que sem equilíbrio não conseguiria dar mais nenhum passo, por isso roguei a Deus que me ajudasse a me equilibrar e que aquele índio que me acompanhou até a cachoeira aparecesse e me guiasse. Novamente, um sono me atormentou e dormi.

Acordei com um baita sacolejo. Meio assustado e sonolento, percebi que estava sendo balanceado pelo lindo índio que me fez companhia tempos atrás. Saudei a presença do caboclo e, em pensa-mento, agradeci a Deus e aos Orixás por ouvirem minhas súplicas.

Sentei-me, ajeitei-me e vi que havia uma fogueira armada com algo numa panela de barro fervendo, olhei para o caboclo e vi em sua mão um monte de ervas recém-coletadas. Com a outra mão, o índio retirou a panela do fogo e a colocou em uma pedra. Logo em seguida começou a dançar no entorno e a fazer movimentos com as mãos e os pés. Não ouvi nada, mas de alguma forma sabia que ele estava cantando. "Como podia saber que ele estava cantando se não ouvia sequer um pio?", questionei-me. A dança continuou, e eu ali a poucos passos só observando a cena.

Confesso que me esqueci da mão em chamas, quando escorre-guei, e do fogo ao nosso redor e, especialmente, morro acima. Mais algum tempo se passou, e o índio parou de colocar todas as ervas naquela panela de barro. Torceu, picou e amassou cada folha, cada caule, cada flor que estava em sua mão antes de jogá-la naquela pa-nela. Pegou um galho mais grosso, que servia de colher, para mexer aquele caldeirão, mas eu não sabia o que tinha dentro, sabia apenas que estava no fogo e que soltava um certo vapor, creio que fosse água.

Mais um pouco de dança e o índio se ajoelhou, levou suas mãos ao céu, depois colocou suas duas mãos no chão, cravando seus dedos na terra, abaixou-se batendo sua testa no solo – como fazemos no terreiro. Admirado e curioso, não conseguia falar com aquele amigo. Decidi seguir seus passos e me ajoelhei ao seu lado, olhei para o céu procurando o Sol, agradeci a Deus por aquela luz, coloquei minhas mãos no solo pedindo que os donos daquela terra nos permitissem ali estar e, em gratidão por todo o consolo, bati minha cabeça. Creio que fiquei um tempo considerável com a minha testa no chão. Todo o tempo em gratidão e respeito. Meu medo havia sucumbido, me encontrava apenas ansioso para saber o desfecho de tudo e de como iríamos subir aquele morro.

Quando comecei a pensar nisso, o índio encostou em meu ombro me chamando a levantar. Pediu, em gestos, para eu ficar em pé olhando para o firmamento em bastante oração e que eu tirasse a roupa toda – obviamente, ele ia me banhar com aquelas ervas, concluí –, assim fui tirando minha calça e camisa e olhando para o firmamento, esperando o banho. Ao contrário do que imaginei, o índio começou a jogar terra em mim, uma terra áspera, seca, que ele despejava sem dó nem piedade. Isso me causou um enorme susto. "Que presunção a minha", pensei. Aqui sempre que penso muito acabo levando uma invertida, creio que é para eu aprender de forma bastante humilde, então comecei a sorrir sem constrangimento e feliz por ter uma entidade me dando mais uma lição.

O índio continuava a jogar aquela terra seca, que começou a fazer muito pó e a entrar na minha boca, narina, fazendo com que eu tossisse e não enxergasse mais nada, apenas um pó marrom. Perdi minha concentração, fiquei incomodado e comecei a balançar a mão como um leque para afastar aquele pó.

O índio parou na minha frente, segurou meus braços e me ensinou a respirar de forma profunda. Mesmo sabendo que ele sempre fazia coisas para me ajudar, não entendi como iria respirar aquele pó, pois sem fazer isso já estava tossindo. Mas o índio fez novamente o sinal para eu respirar, me olhando agora com o rosto mais fechado, como quem diz: "estou te mandando".

Tomei coragem e puxei com toda força o ar, dei aquela respirada de encher os pulmões até a barriga.

– Coff, coff! – não conseguia respirar tudo, pois não parava de tossir. – Coff, coff!

Procurei o índio, mas a poeira não me deixava ver nada. Tentava não respirar mais, mas cada vez que segurava o ar, lá estava eu a respirar profundamente como se eu respirasse e não tivesse mais oxigênio. De verdade me desesperei, que sensação pavorosa era me afogar no pó daquela terra. Comecei a andar procurando o índio e tentando encontrar um lugar arejado, só que quanto mais eu andava, pior era a terra, o pó pairava no ar. A tosse não cessava, e cheguei a desmaiar.

6

O segundo despertar

Acordei em uma casa de barro com telhado de sapê, apenas um tapete muito colorido havia no chão. A impressão que tinha era de um cômodo com uma janela quadrada e nenhuma porta. Olhei para trás e vi uma porta com inúmeras miçangas no local de uma porta de madeira convencional, fazendo uma cortina com aquele monte de contas. Percebi que estava com roupas, apesar de me lembrar que antes de desmaiar estava nu, mas essa roupa era diferente e cheia de enfeites. Pela janela via-se apenas um grande clarão, que não era de Sol, nuvens, céu, chão, nada, apenas um clarão muito branco.

Resolvi ir em direção àquela porta de contas, mas antes tentei escutar para ver se existia alguém naquele lugar. Quando fiquei quieto, percebi que mais uma vez estava me deixando levar pelas emoções, sentei-me e comecei a respirar fundo, acalmei minha mente e comecei a rezar. Levantei e fui em direção às miçangas, e a menos de um centímetro da porta escutei:

– Entre, meu filho, estou aqui esperando por você.

Era a voz de um velho, um pouco rouca e meio fina. Pedi licença em voz alta e atravessei aquela porta. Ao passar avistei um senhor negro, velho, sem camisa e sem sapato, pitando um cigarro de palha e sentado em um pedaço de madeira. O ambiente tinha cheiro de café e de arruda. "É um Preto Velho", pensei, mas antes de qualquer conclusão, perguntei.

– Com licença, o senhor sabe como vim parar aqui?

Antes de ele me responder, fui me desculpando por falar dessa forma sem me apresentar, então me apresentei e continuei a pergunta.

– Me desculpe, não sei como vim parar aqui, o senhor pode me informar?

O velhinho deu um pequeno sorriso e falou:

– Sente-se, meu fio, qué um café? O véio acabô de passá. A propósito, me chamo Tobias.

Arregalei os olhos, meu coração pulou igual a uma britadeira, pois não era apenas um Preto Velho, e sim era o Preto Velho chefe de minha casa de Umbanda. Rapidamente me ajoelhei, me aproximei do pai preto, bati minha cabeça, peguei na mão e beijei pedindo sua bênção.

– Meu pai, me desculpe, não o reconheci, sua bênção.

– Deus o abençoe na fé de Jesus Cristo – falou o bondoso velhinho.

– É o senhor, não é? É o Pai Tobias de Guiné, não é?

O velhinho me olhou bem no fundo dos olhos e com bastante ternura me respondeu:

– Meu fio, de que adianta eu falá que é sim ou que não? Ocê tem que acreditá na sua intuição, no seu coração, e não no que eu falo com a boca.

Mais uma invertida. O Pai Tobias sempre me fala que temos que saber as entidades pelos que elas passam, pela sua energia, para nunca sermos enganados ou mistificados, afinal, qualquer um pode se fantasiar de Preto Velho, de índio, ou de Exu. Usar este nome ou aquele, usar o nome que queira, isso não faz diferença, pois somente um Preto Velho, um Caboclo e um Exu de verdade podem emanar a energia característica desses seres enviados de Deus e dos Orixás. "Meu Deus, quantas lições! A teoria sem colocar em prática realmente não é sabedoria", pensei admirado.

– Perdão, meu pai, são tantos acontecimentos e tão intensos que acabei perdido, mas tenho aprendido que não posso me deixar levar por nada, tenho sempre que estar atento e em oração, obrigado por mais esse ensinamento.

Ao falar isso ao Preto Velho, acalmei minha mente e me permiti sentir o Pai Tobias de Guiné. Que emoção era aquela! Apalpei o pé, a mão, beijei, encostei a cabeça, chorei, bati minha cabeça várias vezes no chão, em respeito e gratidão, e falei:

– Salve, meu pai. Salve, todos Pretos e Pretas Velhas. Salve, todos os povos. Salve, o povo de guiné. Salve, o Pai Tobias. Babaê, meu pai!

Ao saudá-lo e observar aquela carinha, me ocorreu que eu tinha morrido.

Meu Deus, eu morri. Como estaria na casa em que o Pai Tobias vive?

Ao perceber minha aflição, o pai se levantou, me abraçou e disse:

– Ocê não falou agora pouco que eram muitos acontecimentos e que ocê aprendeu que não poderia se deixa levá pelas emoções e tudo mais?

– Desculpe, meu pai, mas estou bastante aflito.

– Aflito com o quê? Ocê não tá na minha casa, conversando comigo? Ocê por acaso está embaixo da terra preso? Viva o agora e não se deixa leva por emoções desequilibrantes, pois, do contrário, não conseguirá permanecer aqui.

– Mas eu morri? Não morri?

– Ocê tá falando comigo, andando, chorando e descontrolado, então ocê não morreu.

– Meu pai, digo, se desencarnei? Se meu corpo morreu?

– O que importa isso? Ocê sabendo que sim ou que não vai continuar à mercê de suas emoções. Se falo que sim, ocê vai falar de sua família, de suas coisas na Terra. Se falo que não, ocê vai querer saber como estaria aqui, o que estaria fazendo, como foi parar e tudo mais.

Com toda a razão, o Pai Tobias me mostrou que pouco importava minha condição, afinal o importante era eu estar ali gozando da presença do bom velhinho, que tanto acompanha nosso terreiro e abençoa seus filhos.

– Pai, me desculpe de novo, um dia eu aprendo, prometo.

– Não tem o que desculpá, meu fio.

– Pai, se estou aqui é por um motivo divino, então como posso saber para que eu estou aqui? – perguntei.

Sorrindo, o Preto Velho me disse:

– Melhorou bastante, meu fio, mas é ocê quem deve me dizê o que qué de mim. Pense, reflita e tome um cafezinho antes que ele esfrie.

Sentei-me, enxuguei minhas lágrimas, respirei fundo e tomei o café com calma, apreciando cada instante, reparando em cada detalhe, vivenciando aquele momento. Afinal, Pai Tobias sempre falou para aprendermos a viver o hoje, a nos concentrar naquilo que está ao nosso alcance. Ao pensar nesses ensinamentos, olhei para aquele Preto Velho, que estava debruçado sobre suas pernas fumando um bom palheiro e sorrindo em minha direção, como quem fala que tinha me escutado e que aprovava meus pensamentos.

Comecei a olhar cada canto enquanto saboreava o café no fogão a lenha feito de barro. Ao lado havia um punhado de lenha no chão, e o bule estava no fogão, um pouco afastado do fogo, para manter aquecido e não queimar o café. Uma imagem feita de argila ficava ao lado de uma porta, que parecia dar para o lado externo da casa, pois de lá vinha uma grande claridade. Essa imagem era adornada de búzios, galhos e ferro, além de palha, que estava apoiada em um vaso que tinha uma abertura lateral onde se via metais, moedas e pedras. No lado oposto à porta estava o Preto Velho sentado, à sua frente havia uma pequena bacia branca, que parecia ser de ferro, já bem gasta com um monte de ervas, como arruda, alecrim, alfavaca, boldo, guiné, peregum e mais uma diversidade de outras.

Ao lado do banco de Pai Tobias tinha um alguidar de barro com água e talvez mais alguma coisa. Do seu outro lado, havia uma tábua grande de madeira com um ponto riscado, uma vela branca e preta acesa e uma adaga de ferro fincada. Atrás do Pai Tobias, tinha uma parede azul cheia de palha pendurada e, ao lado, uma janela que entrava uma enorme claridade. Indo com os olhos mais à esquerda do Pai Tobias, havia um canto com velas acesas, algumas frutas, águas, flores – que pareciam lírios brancos – e uma série de pontos riscados, que tentei observar bem atentamente, mas fui advertido para não olhar. Mais à esquerda, uma parede com vasos de samambaias e pinturas das representações dos Orixás com uma beleza ímpar se destacava.

Ao vivenciar aquele momento e me permitir observar o que estava ali, acalmei minha mente e consegui sentir toda a paz e tranquilidade do local, como se tudo fosse mais devagar, até meu coração parecia pulsar de forma bem mais lenta. Respirei fundo e senti o cheiro das ervas, do tabaco, do barro e do café. Acho que era cheiro de felicidade. Sorri e me senti abençoado.

7
Casa de Preto Velho

Após apreciar e me felicitar, Pai Tobias interrompeu o silêncio:
– O que quer saber de mim, meu fio?
Voltei e pensei, pensei e logo me veio a dúvida desesperada.
– Meu pai, eu morri? Desencarnei?
– Isso não é pergunta que me deve fazer. Ocê tava no morro e empacou, por quê?
Perguntou o negro sábio me conduzindo de forma a não me embaraçar.
– Meu pai, subi o morro e de repente tudo pegou fogo, fiquei assustado, pedi ajuda, dormi, acordei, voltei a ver o índio, estava com a mão queimada, ele me deu algo com terra em volta do fogo, tossi e acordei aqui.

Falei tão rápido, a fim de não perder a oportunidade de estar com aquele ser iluminado, que tenho certeza que minha fala ficou confusa.

– Sim, fio, os detalhes são importantes, mas para mim ocê deve dizê o que faz ocê empacá. Apenas isso. Não se perca, aprenda a pedir às entidades o que sempre precisa para ocê, a sua real intenção.

Mais uma vez, o bom ancião me dava lição sem me afrontar, apenas gentilmente me conduzindo.

– Uma voz me falou que eu só podia subir e enfrentar o fogo se eu não me julgasse. Eu falei que esse autojulgamento balizava minhas ações. Queria saber se isso estava certo ou errado, pois me corrigiria. Então a voz do trovão explicou que isso não era me julgar, daí não entendi mais nada. O senhor pode me ajudar? O que significa "não julgar a mim mesmo"? Confesso que não sei.

Nesse momento, o Preto Velho se levantou, pegou o bule de café e me serviu.

– Julgar a si mesmo não é avaliá seus atos, meu fio. Não é mensurá o que se faz, o que se fez ou que se fará. Julgar é absolvê ou condená. É dar rótulo, é dar uma sentença. Ocê medi e avaliá o que fez no dia é salutar. Desperta a consciência e ajuda a saber como e por que erramos. Na verdade, essa prática é imprescindível pra todos que queira evoluir, pois assim analisarão se o jeito, as palavras, os pensamentos do dia ajudaram o mundo a sê um lugar de paz, de amor, ou não. Julgá é se sentir culpado, se castigar ou se dar penalidade. É se rotular e se sentenciar dizendo: "sou egoísta, sou orgulhoso", ou então, "sou bom, sou mau". Julgá pressupõe sempre uma sentença. Analisá é apenas compreender o que aconteceu e os porquês para traçar novas formas de atuar. Quando ocê vê uma briga em que, de alguma forma, suas ações tiveram interferência e ocê se sente culpado, é um julgamento, mas se, na mesma situação, ocê analisa ela e pensa que tal palavra poderia ser evitada e se programa pra melhorar sem gerar culpa, é um exercício, não um julgamento. Entendeu, fio?

Aquele assunto era muito espinhoso, minha mente racional tendia a dizer que entendia, mas no fundo não conseguia transformar aquelas palavras em ações. Pensei, bebi aquele cafezinho e disse:

– Pai, o senhor me desculpe, mas sua explicação me mostra uma diferença que não sei se consigo visualizar na prática. Da forma como o senhor me fala é como se eu devesse olhar tudo o que faço, analisar, mensurar, verificar se trouxe paz, melhora no mundo, se trouxe algum benefício a mim e aos outros e se não gerou nenhum prejuízo, mas fazer tudo isso de forma a não me emocionar, não gerando culpa pelos erros ou orgulho pelos acertos, parece uma visão fria, é isso?

– Fio, eu sou um homem frio? – perguntou o africano com uma ternura no olhar que só aqueles que conhecem os Pretos Velhos conhecem.

– Não, meu pai, o senhor é doce, gentil, querido. Pelo contrário, o senhor aquece aqueles que chegam perto do senhor.

Falei rápido sem saber exatamente onde ele queria chegar.

– Nunca vejo meus atos com culpa, medo ou orgulho. Analiso todos os meus pensamentos, minhas falas e ações antes de realizá-los e depois. Controlar suas emoções não o torna frio, e sim sábio. Não podemos desperdiçar tempo nem energia no descontrole. Quando se sente culpado, isso ajuda ocê a superar o erro?

As palavras cravadas de energia direcionadas a mim me calaram. Cada sílaba do Pai Tobias era acompanhada de uma enxurrada de energia acolhedora, como uma mão que me fazia um cafuné e ajudava a abrir a minha mente.

– Pai, suas palavras como sempre são sábias, mas confesso que não sei como fazê-las serem verdades em mim, não sei como passar esse ensinamento para meu dia a dia, pois a todo momento eu me condeno, brigo comigo para me corrigir, olho e sinto culpa e, quando acerto, parece que me sinto melhor que meus irmãos. Sei que sou orgulhoso, mas não quero isso para mim. Sei que a vaidade e a soberba residem em minha alma e, quando me vejo assim, me entristeço comigo.

Desabafei em prantos, pois acreditava que jamais conseguiria passar pelo fogo. Se me julgar era aquilo, estaria eu em uma situação complicada, pois não conseguiria mais subir o morro. Se é que vou voltar ao morro, e, se voltar, vou ter que descer, pois não tenho como atravessar o fogo.

Meus pensamentos e a constatação feita por mim me desanimaram. Sentia-me fraco e diante de uma tarefa que não iria concluir, me senti um fracassado.

– Viu só, meu fio, ocê entendeu o que é se julgar. O véio é meio lento, mas ocê aprendeu. Se julgou, se sentenciou e já deu até a punição, não é mesmo? Ocê já falhou, é um fracassado e não pode mais continuar a jornada.

Aos risos, o Preto Velho me provocava. Ele lê todos os meus pensamentos, como se eu os tivesse dito, me mostra que quando eu me julgo, eu me sentencio.

– Pai, o que eu posso fazer?

– Se ocê continuar a achar que ocê é incapaz, se sentenciando, não pode fazer nada, acabou a viagem procê. Ocê me pergunto o que fazê, mas não acredita que exista algo a ser feito. Contra isso, eu não posso ajudá.

As falas de Pai Tobias me mostravam como eu estava ansioso, pois eu perguntei a ele e, ao mesmo tempo, respondi. Ao encher minha mente com minhas verdades, como poderia escutar a verdade de outras entidades? Afinal elas, as entidades, tinham que limpar minhas respostas e depois responder. Se eu realmente queria uma resposta, deveria limpar minha mente e deixar os Pretos Velhos responderem, e não criar tantos obstáculos.

– Pai, me perdoe e muito obrigado, suas energias e suas palavras me mostraram quanto minha ansiedade impede-me de ver a verdade. O senhor pode ajudar a domar esta mente tão pirracenta?

O Pai Tobias sorriu e me chamou para perto dele. Ajoelhei-me ao seu lado, e ele começou a me benzer. Ajoelhado aos pés do Preto Velho, senti todo aquele amor e aquela paciência de me ensinar, então comecei a me cobrar uma atitude mais esperançosa. Afinal, estava eu na frente de um Preto Velho, olha quantas bênções estava recebendo. Meio entusiasmado, meio culpado, meio perdido, meus pensamentos flutuavam em dois campos, a cobrança e a alegria entusiasmada. Foi nesse momento que o velhinho me cochichou no ouvido.

– Fio, quando ocê chegou aqui e tava nervoso, o que ocê fez pra acalma a mente?

Pensei e me vi. Vi que vivia o presente, então me deixei vivenciar cada momento e, com isso, minha mente foi ficando calma e atenta. O ancestral me deu dois tapinhas no rosto de forma carinhosa e me sinalizou positivamente. "Pare de deixar sua mente flutuar, uma coisa de cada vez", pensei. Vou aproveitar o benzimento, o axé desta alma maravilhosa, depois vejo o que fazer com o fogo da colina.

Respirei fundo, me concentrei nos gestos do bom velhinho, nas sensações que as baforadas e o estalar dos dedos faziam em mim, cada sopro vinha com uma quantidade de fluidos curativos de minhas chagas. Sentia como bálsamos que cicatrizavam meus medos e minhas incertezas, era um carinho no coração. Sentia cheiro de margaridas, o calor do Sol, um beijo de mãe, um abraço sincero do melhor amigo, o carinho de um cônjuge ou carinho do amor conjugal. Eram sentimentos que me faziam levitar. Concentrei-me em cada um, em cada cheiro, vivi como se só aquele momento e mundo existisse. Voltei a me sentir muito bem. A paz tinha voltado, e minhas preocupações desapareceram.

O bom preto me abraçou, beijou minha cabeça e falou:

– Querido fiô, tá na hora, ocê consegue. O preto nunca abandona seus fiô. Sempre que precisá, é só pensá em mim.

Antes mesmo de falar ou pensar, estatelei-me no chão, como um desmaio. Lembro-me somente de um clarão seguido de uma escuridão total. Acordei tateando o chão, procurando o banco para me sentar. Nesse instante, recebi ajuda de uma mão. Segurei-me naquela mão dizendo:

– Obrigado, Pai Tobias, não sei o que me aconteceu.

Olhei para frente e vi o sorriso do caboclo me dizendo "surpresa!" Ajudou-me a sentar-me no chão, me deu uma água e mandou beber, estava com muita sede. "Que loucura, voltei para as pedreiras. Foi um sonho", pensei, "seja o que for, foi maravilhoso!"

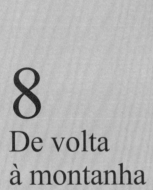

8
De volta à montanha

Bebi aquela água sentindo todas as gotas, a temperatura, como ela descia na minha garganta e saciava minha sede. Respirei e comecei a apreciar o entorno, ver o fogo, o índio, o horizonte.

Creio que o Pai Tobias me dera uma lição. Para não julgar bastava viver no presente e saber onde queria chegar, ir escalando pedra por pedra. Olhei para o índio, que com certeza lia meus pensamentos, e pensei: "vamos continuar a escalada? Você acha que estou pronto?"

O índio me olhou e fez que faltava uma coisa, juntou as mãos e se ajoelhou, estava claro, faltou uma prece.

– Pai Celestial, meu criador, obrigado por todas as dádivas e ensinamentos e que o Senhor cubra sempre esses bons espíritos com suas forças. Sem eles não conseguiria nem mais me dirigir ao Senhor. Ilumine ainda mais essas almas que o Senhor colocou no meu caminho. Obrigado, meu Pai, peço-lhe que consiga enfrentar os meus pensamentos, viver cada momento em seu louvor. Que Xangô, meu pai, me ilumine e me permita continuar. Que os Exus e as Pombagiras guiem meus caminhos. Obrigado, Senhor, Saravá!

Com a mão apontada para o topo, o índio sinalizou que deveria seguir. Olhei para minha mão procurando as bolhas da queimadura, mas só via a marca da pemba do Pai Tobias e o resto das ervas do índio. Olhei para ele com gratidão profunda, emocionado, e comecei a subir.

O índio desapareceu, mas no fundo eu sabia que iria reencontrá-lo. Poucos passos à frente me deparei com o chão em brasas, tudo voltou a ser fogo. Parei um instante, respirei e me concentrei naquele momento. Tirei da minha cabeça o passado ou a preocupação do futuro, vivi o momento. Apreciei o fogo, sentia seu calor, olhei para o céu, observei minha respiração e bradei:

– Saravá, Xangô! Kaô Kabecilê! Saravá! Sua bênção, meu pai. Peço sua licença para continuarmos.

Era o momento, iria colocar minha mão no fogo, no mesmo lugar que antes me queimei.

– Pode parar! – gritei comigo. – Este momento é único, agora estou aqui livre de todo julgamento, vou apenas me concentrar no presente.

Assim, apenas prestando atenção naquele momento, em oração a Xangô, me aventurei. Comecei a cantar emocionado, pois senti a montanha, o axé de Xangô.

– Pedra rola na pedreira em cima de quem errou,

Justiça quem faz é ele,

Porque ele é Xangô.

Com seu leão do lado, com seu machado na mão,

Ele corta mironga, pros seus filhos dá proteção...

Cantava e subia. Percebi que estava dentro do fogo e ele não me queimava. Que sensação indescritível!

– Saravá, Xangô! – gritava ao subir.

Logo senti que alguém estava comigo. Olhei para os lados e não vi nada. Passei a me preocupar e a sentir medo, e na mesma hora senti que o fogo começava a me queimar. Respirei fundo, parei e voltei a viver o presente, então senti as chamas, o vento e as energias. Dei um pulo:

– Saravá, seu Sete Montanhas!

Sabia que era ele, sentia novamente sua presença. Continuei a subir sentindo todas as energias da terra e cada vez mais a presença do Caboclo Sete Montanhas. Creio que foram muitas horas.

Toda vez que meus pensamentos dispersavam, o fogo me queimava. A única forma era de não me deixar tomar por emoções, conflitos, medos ou ansiedade, e para isso tinha que viver o momento, olhar os meus passos, o terreno, as energias. Fazendo assim, dominando a minha mente, eu não me queimava.

Saudei várias vezes Xangô, o Caboclo Sete Montanhas e resolvi parar um pouco, afinal, suponho, um dia havia se passado, e eu não tinha parado de subir. Olhei para cima e vi que ainda havia muito terreno a ser vencido. "É uma subida que não acaba mais", pensei, meio aflito pelo tamanho do esforço. Logicamente, me queimei.

Respirei fundo e, desta vez, senti o fogo me queimar muito. Ou me controlava ou viraria carvão, imaginei sorrindo. Voltei a ter plena atenção no local, nas chamas, na energia do seu Sete Montanhas e logo cessou o fogo que me queimava.

Decidi descansar um pouco, me sentei e comecei a olhar para baixo, onde só via montanha e fogo. No horizonte havia umas nuvens, o Sol por trás delas e, claro, fumaça, muita fumaça. "Ué, até aquele momento só tinha fogo, e não fumaça. Por que agora existe fumaça?", pensei.

– São seus medos e incertezas, descuido e outras coisas que foram se queimando no caminho – falou uma voz grave.

Quando me dei por conta, ao meu lado havia um lindo caboclo, um índio, era enorme. Seu tronco era muito grosso e extremamente forte, era uma "montanha humana", pensava. Aos risos, vi e senti que era o Caboclo Sete Montanhas, então bati a cabeça, o saudei e pedi sua bênção.

– Você aprendeu a observar tudo o que está aqui? Por onde passamos? Questionou o caboclo.

Meu impulso era dizer que sim e continuar a subir, mas sabia que isso era minha ansiedade. Balancei minha cabeça em forma negativa, me sentei e comecei a olhar em volta, confesso que não entendi tudo o que ele queria dizer, pois a paisagem mudou pouco e não via nada diferente, mas continuei a observar.

Passados alguns bons instantes, o Caboclo Sete Montanhas me falou:

– Se continuar a observar com os olhos da matéria, não encontrará nada. Você só me viu depois de ter me sentido, sabia que era eu, não pela aparência, mas, sim, pela energia.

Concentrei-me nas energias da rocha, da montanha e depois do fogo, era uma energia assertiva, clara, com propósito, meio dura até. Senti que o fogo era o fogo da justiça. Não queimava o que era para não se julgar e queimava o que julgava, por isso não me queimei e queimava meus pensamentos e distrações.

Assim, me sintonizei com o fogo, sentindo todo seu poder e toda aquela certeza. Começaram então a cair raios por todos os lados, em minha volta e no horizonte. Meus pensamentos e instintos derramaram medo em mim. Busquei mais uma vez me concentrar e não mudei minha atitude. Vivenciei cada raio que caía, senti neles a energia astral, era Xangô jorrando seu axé.

Ao controlar meus medos, entendendo o fogo, um raio caiu em cima de mim, um clarão que me deixou cego por alguns momentos, e uma descarga de energia passou por todo meu corpo. Como se cada pelo meu fosse pegar fogo. Olhei para meus braços e pernas e tudo estava pegando fogo, mas não me ardia, não me queimava, sabia que era Xangô. Senti em todo meu corpo a energia do Orixá, não me assustei, controlei cada susto e aproveitei cada segundo.

Com o corpo em chamas pelo raio, olhei para o caboclo, que me orientou:

– Esse fogo sempre o acompanhará, basta ativar a força de Xangô e será por ele tomado, mas não se esqueça, se julgar a si ou aos outros, ele também o queimará. Esse é um presente de Xangô, menino – finalizou o Caboclo Sete Montanhas.

Ao perceber que aquele fogo também teria outra função, perguntei:

– Toda vez que eu pedir em oração a Xangô, posso pedir para queimar meus pensamentos, meus desvios, meu ódio, posso queimar o que não me serve mais?

– Algumas coisas sim, outras não, mas pode colocar tudo no fogo, pois Xangô decidirá o que queimar e o que não – respondeu a voz rouca do Caboclo Sete Montanhas, complementando:

– Agora você está pronto para subir. Vamos?

9
Na companhia de Xangô

Como afirmou Seu Sete Montanhas, estava pronto para voltar a subir a montanha, além disso me sentia cada vez mais abençoado. Aquela jornada já havia me transformado muito mais que anos e anos de trabalho como umbandista. Esse pensamento poderia ter, no passado, me gerado culpa ou até tristeza, mas naquele momento e com as forças presentes era só e apenas gratidão. De nada adiantaria me julgar, foi isso que aprendi naquela rocha. Era necessário aprender e mudar, e era isso que eu estava disposto a fazer. Se não fiz isso antes, paciência, esse era um momento de mudança.

Depois desses pensamentos, em voz alta comecei a rir, pois talvez isso não fizesse nenhum sentido para o Caboclo Sete Montanhas, mas ele me olhou e disse com o olhar que eu estava certo, tinha aprendido a lição, então comecei a subir em sua companhia. Apesar da alegria de estar com esse caboclo, desejava saber quem era o outro caboclo que me encontrou primeiro.

Em meio à vegetação nativa cheia de espinhos, musgos e gramíneas, tudo em fogo, com labaredas altas, continuávamos a subir. Era uma cena inimaginável, afinal estava eu com um índio em pessoa e colocando a mão diretamente no fogo. Aliás, eu e o Sete Montanhas estávamos pegando fogo. Comecei a rir e a me emocionar diante da experiência e cada vez mais admirava aquela montanha.

Seu Sete Montanhas me pegou pelo braço e com a outra mão me mostrou um pouco acima, à esquerda, uma pequenina caverna, um buraco na rocha.

– Vá até lá e descubra o que é – falou a voz do trovão de forma imperativa.

Como estava curioso, recebi a ordem e me pus a subir em direção àquele buraco, que não estava em chamas. A vegetação e as pedras em volta estavam todas sem nenhum fogo ou marca de fogo.

Ao me aproximar dele, o fogo que estava em mim também cessou, o que sinceramente me causou terror, mesmo assim continuei. Ao chegar em frente ao buraco da caverna, que não tinha mais do que 70 cm de altura, tentei olhar para dentro, mas não consegui enxergar nada. Peguei em volta um pedaço de pau para fazer de tocha e levei até o fogo, o galho se incendiou, só que toda vez que me aproximava da caverna, o fogo cessava. Fiz várias tentativas. Olhei para a beira buscando orientação do Caboclo Sete Montanhas, e ele me sinalizou que não conseguiria pôr fogo e que eu deveria rezar para o dono do local, para este me mostrar o que deveria ser feito.

Ajoelhei-me e com as duas mãos tomando as pedras da montanha, gritei:

– Saravá, Xangô! Kaô, meu pai! Peço sua bênção e sua luz para compreender como ver esta caverna, descobrir quais segredos ela pode me revelar. Peço sua bênção e sua licença. Se há algo que eu possa aprender aqui, que eu esteja pronto.

– Você está aqui para quê? Por que está aqui? De onde você veio? Quem és tu?

Era uma voz estranha, rouca e meio fina, quase um sussurro, que me fez uma série de perguntas que eu também queria saber, afinal tinha feito várias delas desde o começo daquela jornada e não tinha obtido resposta.

– Não sei como vim parar aqui, nem o que estou fazendo aqui. Sinceramente não sei se estou vivo ou se estou morto. Sei apenas que tenho aprendido muito, que cada passo que dou nestas terras recebo uma correção de comportamento, uma lição moral e espiritual que me encanta, sou muito grato por isso – falei emocionado. – Vim até aqui impulsionado por belezas e axé. Estou aqui a pedido do Caboclo Sete Montanhas, que pediu para ver o que era a caverna.

Minha resposta era sincera, não sabia responder de outra forma. Além do mais, com tudo que havia passado até aquele momento, sabia que nada que eu falasse poderia esconder a verdade.

– Quem és tu? – perguntou a voz.

Era uma pergunta simples, creio eu, mas naquele momento titubeei, vacilei e apenas consegui dizer isto:

– Sou um espírito filho de Deus.

– Ora, todos somos. Quem és tu?

Voltou a afirmar a voz sussurrante.

– Meu nome é [pense em seu nome, leitor(a)], sou sacerdote de Umbanda e tenho uma família.

– Você me diz seu nome, que tem fé, família de sangue e sua religião, ótimo. Mas a pergunta é: Quem és tu?

– Não sei como lhe responder, me desculpe.

Ao dizer isso, me senti perdido, pois o que define quem somos? É o que fazemos, com quem vivemos, nossa profissão, nossa fé... Como responder uma pergunta que parece tão simples, mas que, na verdade, se mostrou tão difícil?

O silêncio se fez por alguns minutos. Nesse tempo em que tentei formular uma resposta para dar àquela voz, ouvi:

– Não quero que você responda o que quero ouvir, não é uma senha para você passar. Quero que me responda quem és tu.

Eu realmente buscava uma resposta à questão sem buscar a verdade em mim. Mas qual seria a resposta certa para aquela voz? Como é difícil responder olhando para si mesmo. Não é algo que se aprende, que se estuda. É algo profundo que demanda um olhar para dentro de si.

Passaram-se mais alguns minutos sem que eu encontrasse a resposta, então comecei a falar:

– Realmente tentei achar a resposta certa, mas quando me corrigiu fiquei ainda mais perdido. Como uma pergunta tão simples pode ficar sem resposta. Quero muito lhe responder, mas creio que tudo que falarei seriam conhecimentos, e não minha essência, que é o propósito desse questionamento. Sou um espírito humano neste momento, que sequer sabe se está encarnado ou não. Um filho de Orixá, fui criado na irradiação dessas forças, passei por diversas encarnações e na minha mente agora vejo apenas a última. Sua pergunta me remonta a uma frase muito célebre que é atribuída a Sócrates, um filósofo grego: "conhece-te a ti mesmo", como fonte de conhecimento pleno e contato com Deus, assim só posso dizer que sou alguém em constante busca por se conhecer e interagir ao todo.

Meu discurso era verdadeiro, brotava das profundezas da minha alma, por isso, ao dizer que era alguém em constante busca, creio que me defini como um aprendiz, servo de Deus. O silêncio, no entanto, ainda imperava, não sabia mais o que fazer nem queria sair dali e consultar o Caboclo Sete Montanhas, pois como explicaria tudo. A voz então rompeu meus pensamentos.

– Então és um aprendiz, isso? Apenas um estudante? Um homem em busca de conhecimento?

A forma como a voz me abordou mostrou como eu ainda era parcial, ainda não tinha entendido a pergunta.

– Sou isso, mas também sou um cavalo, um médium, um ser que quer servir às forças divinas, servir aos Orixás, buscar me conduzir e conhecer o mundo, mas nunca deixar de servir e trabalhar. Creio que a melhor definição seja esta. Sou um servo de Deus, um servo dos Orixás.

Como em um relâmpago, a luz tinha me feito entender que era isto: eu era e sou um homem, um espírito que quer servir aos desígnios de Deus e às forças divinas, levando ao mundo e a mim luz, esperança, amor e paz.

– Então você é um aprendiz trabalhador. Um homem em busca de iluminar-se e iluminar os outros, é isso?

– Sim, creio que sim, e digo-lhe que, sinceramente, isso me completa, pois todo resto é acessório. Isso é o que quero ser, um trabalhador incansável da luz. Sou hoje, acho, um aprendiz para conseguir isso.

– Muito bom, creio que entendeu o motivo de sua vinda na minha casa.

Após essa fala, escutei de dentro da caverna um barulho de pedras se deslocando, olhei atentamente para dentro, mas só consegui ver escuridão. Não sabia se deveria sair dali ou ficar, comecei a notar que mais um belo aprendizado tinha se realizado comigo, mas também percebi que até aquele momento estava sendo egoísta, pois em nenhum momento me portei como servo ou trabalhador, somente pedi para mim, mesmo que tenha pedido para minha família antes, em nenhum momento eu tinha me colocado à disposição dos Orixás, dos Caboclos, das entidades.

– Xangô, meu pai, aqui estou em seu reino de novo. Se eu puder servir a Deus e aos Orixás de alguma forma, me entrego de corpo, de mente e de alma. Sei que, apesar de todas as minhas limitações, aprendi no terreiro que nunca ninguém é tão ruim que não possa servir a Deus, por isso me coloco a seu dispor, meu pai, me coloco aos seus pés. Faça de mim instrumento de sua paz, luz e seu amor – disse isso em meio a lágrimas.

Era mais uma revelação estar à disposição de Deus e dos Orixás para servir de instrumento. Foi um momento muito emocionante e abençoado. Depois me sentei e me recordei de um ponto e continuei minha oração.

– Meu Pai Xangô, obrigado por mais esta lição e que eu possa gravá-la em minha alma para que nunca mais eu me esqueça. Obrigado! Kaô, meu pai! Kaô, Xangô! Kaô Kabecilê, Kaô Kabecilê Obá!

Ao finalizar minha reza e enxugar minhas lágrimas, o Caboclo Sete Montanhas me tocou nos ombros pedindo para continuarmos.

– Meu pai, escutei a voz e um barulho dentro da caverna, mas não sei quem era ou o que era, pode me dizer?

– Não, talvez descubra mais adiante, sigamos.

Em silêncio e contemplação e prontos para servir e aprender, assim continuamos nossa subida.

10
Na companhia de Xangô II

Voltamos para o caminho em que tudo era fogo e logo estávamos nós dois em labaredas. Não sabia quanto tempo aquela jornada havia demorado, mas com certeza era uma lição para a vida inteira.

– Espero que consiga gravar tudo o que estou aprendendo e que as mudanças em mim sejam permanentes – falei em voz alta.

Seu Sete Montanhas me retrucou:

– Você não está aprendendo de fora para dentro, e sim de dentro para fora. O que se passa com você não é a aquisição de conhecimento, mas, sim, a construção de sabedoria. Para ser eterno, pratique cada ensinamento a todo momento, tal como fez ao não julgar. Quando praticar a mudança, ela se consolidará. Se fizer ao contrário, insistir nos erros, voltará do começo, como começou na floresta da entrada desta jornada.

Sorri e agradeci. Lembrei-me de que quando permiti que meus pensamentos flutuassem e deixei as emoções negativas se instalarem, tudo voltou ao começo, ou seja, é preciso aprender e exercitar o que foi aprendido.

Continuamos nossa escalada, passamos por muitas rochas, vegetações, creio que foram horas subindo, no entanto, ao olhar para cima, tinha a impressão que não havia saído do lugar.

– Meu pai, nós estamos há horas e horas subindo e tenho certeza de que não avançamos, o topo não ficou mais perto – falei com certo ar de frustração e preocupação.

Seu Sete Montanhas me respondeu:

– Você tem certeza que está subindo em direção ao topo? Esse é o objetivo, chegar ao topo? É mais importante o destino ou o caminho?

Mais uma esculachada, tinha ele toda a razão, estava claro que o objetivo era outro, e não chegar ao topo, o importante era, sim, o destino, mas nunca poderia me esquecer do meio para isso.

– Meu pai, o Senhor está certo. Como faço para aprender a servir ao Senhor e nosso Pai Xangô neste caminho?

– Os meios não podem ser justificados pelo fim. Em matéria de Deus e dos Orixás, o meio é tão importante quanto o fim, não adianta querer encontrar Deus se o caminho que o leva produz ações que são contrárias à lei divina. Fazer o bem e o certo é o caminho único, não há como chegar a Deus se não zelar pelo caminho, assim os meios são como justificamos qual fim encontraremos.

As sábias palavras me deixaram perplexo e um pouco envergonhado, resolvi cantar:

– Xangô, mostrai a força que vós tendes,

Xangô é o rei da justiça e não engana ninguém.

Xangô Kaô, Xangô Aganjô, Xangô Kaô, Xangô Aganjô
Xangô, meu pai, Kaô.

No brado que dei, um raio caiu bem na minha frente, e depois de um enorme clarão avistei muitas cobras, todas no nosso caminho, então dei um salto para trás e vi que o fogo tinha cessado e que seu Sete Montanhas estava a vários passos de mim. Estava eu de um lado, seu Sete Montanhas de outro e, entre mim e ele, muitas cobras. Elas serpentearam na minha frente, se enrolaram em pedras e umas nas outras. Percebi que tinham cascavéis, pelos chocalhos nos finais de suas caldas, cobras-corais, pelas cores, e outras inúmeras espécies.

Tentei lembrar das aulas de biologia para saber quais eram peçonhentas e quais não, mas não adiantou em nada. Respirei fundo várias vezes e pensei: "elas estavam no raio de Xangô, então não estão aqui para me picar". Fui me controlando, respirando fundo, me concentrando.

Resolvi me sentar e olhar para as cobras como em busca de solução para aquela situação. Observei que uma delas tinha ficado presa em uma pedra e, apesar das inúmeras tentativas, não conseguia se desprender. "Como vou ajudar aquela cobra a sair de lá se eu tenho tanto medo?" Precisava vencê-lo, eu sabia. "Não podia ter medo no reino de meu Pai Xangô", pensei. Procurei um pau, galho ou coisa que se equivalha para ajudar a cobra, mas não encontrei nada, nenhum graveto. "Tenho que usar as mãos", pensei, "mas a cobra entalada estava no meio de tantas outras, o que posso fazer?"

– Saravá, meu Pai Xangô! Saravá, Exus e Pombagiras desses reinos! Peço licença e proteção para que eu possa auxiliar aquela cobra. Sei que devo fazer isso, pois ela precisa de liberdade, mas para ajudá-la tenho que ter coragem, permissão e sua proteção – disse em voz alta em clara dicção.

Sem me deixar tomar ainda mais pelo medo, esperei alguns instantes em expectativa de algum sinal para prosseguir, mas percebi que as cobras começaram a se aproximar de mim, então decidi ir com muita fé. Levantei e fui me colocando no caminho das cobras e pedindo licença. Saudei os Exus e o Pai Xangô, cheguei bem perto e quase empurrei a pedra com meus pés, mas percebi que dessa forma iria esmagar a cobra. Curvei-me e, com as duas mãos, levantei a pedra, porém a cobra não se mexia. "Será que ela não resistiu?", me perguntava em silêncio. Comecei a sentir medo e culpa, meu coração estava apertado. "Será que a cobra morreu porque demorei e tive medo?" Meus pensamentos ficaram descontrolados. Olhei em volta, e todas as cobras em posição de ataque se dirigiam a mim. Apesar do pavor, tinha entendido o recado.

No momento em que comecei a me locomover sem me deixar dominar pelo medo ou pela culpa, passava despercebido, mas bastava eu me descontrolar para elas me perceberem, era como se isso as agredisse e ameaçasse. Precisava, portanto, me controlar. Comecei a rir, pois era meio absurdo me controlar naquela situação. Rir do meu perigo iminente, no entanto, fez com que minha mente relaxasse e encontrasse espaço para se acalmar. Imóvel, respirei e pedi perdão às cobras por ter titubeado. Também pedi que se eu fosse o culpado pelo sofrimento daquela cobra, que, de alguma forma, ela e eu pudéssemos novamente nos encontrar.

Apesar disso, as cobras continuavam a vir em minha direção e a me ameaçarem, foi então que percebi o óbvio: eu não tinha agredido a cobra e, mesmo que tenha vacilado um pouco, ainda assim venci o desafio do medo para ajudá-la. A culpa mostrava que não tinha aprendido nada. Respirei fundo, me curvei para pegar a cobra e entregá-la a Xangô. Quando me aproximei, quase a tocando, a cobra se virou e se enrolou em meus braços, senti o frio de seu corpo e o mexer de suas escamas. Em volta, todas as cobras tinham abaixado a cabeça e saído da posição de ataque. Respirei aliviado, mesmo me sentindo desconfortável por aquela cobra estar enrolada em minhas mãos e meus braços. A cobra virou sua cabeça em direção à minha e ficou me encarando, olhando diretamente em meus olhos. Eu mantive minha respiração calma, tentando controlar minha mente, e resolvi falar:

– Desculpe-me pela demora, mas precisei vencer meus medos para retirar a pedra que a atrapalhava, espero que não tenha se machucado.

A cobra, ainda me encarando, respondeu:

– O que aprendeu com isso, aprendiz, trabalhador e servo de Deus?

"Meu Deus! A voz era a mesma da caverna, foi ela quem me deu tão importante lição", pensei. Comecei a agradecê-la, mas ela me interrompeu pedindo para que respondesse à pergunta.

– Primeiro, que não posso me descontrolar quando algo ruim acontece.

– Sim, isso você já sabia e deveria praticar desde o começo. O que você aprendeu com o que ocorreu há pouco?

A cobra conseguia fazer perguntas que mexiam comigo.

– Aprendi a não ter medo neste local.

– Não é isso, o que aprendeu? – retrucou a cobra.

Parei e comecei a refletir sobre todo o episódio, para tentar dar uma resposta mais adequada. Refiz todos os passos, os erros, as emoções e as etapas.

– Primeiro, aprendi que sempre temos que refletir sobre o que acontece em nossa vida. Neste momento, se a senhora não tivesse insistido, uma série de aprendizados simplesmente não poderia existir. Se observarmos mais atentamente nossas conversas com os seres de luz, nossa experiência com eles, podemos sempre aprender muito mais do que imaginamos.

– Muito bem, mas esse aprendizado é um ganho a mais. O que aprendeu com as cobras? – perguntou novamente a voz das cavernas em forma de cobra.

– Aprendi que se mantivermos nossas vibrações, nossos medos não aflorarão, portanto nossos inimigos não conseguirão nos achar, como se fôssemos invisíveis. Toda vez que nossos padrões caem, os medos afloram, e os seres que nos perseguem nos acham. Não que as cobras fossem más, mas eu as temia, então compreendi na prática as palavras do Cristo: "orai e vigiai". Também posso dizer que aprendi a não desistir, a não tirar conclusões precipitadas, pois, às vezes, alguma situação pode parecer sem solução, mesmo assim devemos sempre acreditar que é possível. Posso dizer que aprendi que não somos onipresentes, que as coisas não acontecem por nossa causa exclusivamente. Quando a vi aparentemente morta, me senti culpado, e isso me paralisou, então logo depois percebi que não fui eu que tinha colocado a pedra e que nada poderia justificar minha culpa, pois, mais uma vez, esse sentimento não me trazia nenhum benefício. É preciso enfrentar seus maiores medos para servir a Deus, pois se cremos nele, se cremos nos Orixás, quando estivermos a trabalho por eles, mal nenhum nos acometerá, por isso devemos ter fé e confiança e cumprir nossa missão. Creio que foi isso. Apesar de as cobras me fazerem sentir medo, eu consegui ter compaixão por elas.

– Muito bem, vejo que as lições estão sendo aprendidas e ab-sorvidas de forma mais rápida. Desta vez, repeti apenas três vezes para você.

Agradeci a cobra, que se desenrolou e foi para o chão junta-mente com todas as outras. Curvei-me e pedi para ela se revelar a mim.

– Mais uma lição terá, sou quem sou, trabalho para Xangô, sirvo-o nas missões que me dá. Isso basta para que você saiba que não importa o nome ou a forma, e sim o conteúdo. Se julgar alguém pela forma, será sempre facilmente ludibriado e enganado, mas se, ao contrário, perceber o conteúdo, mesmo que alguém se vista de Jesus não poderá o enganar.

Mais uma vez agradeci. Na verdade, minha gratidão era tanta que bati minha cabeça no chão e fiquei ali. Senti que várias cobras passaram por cima de mim, mas não me mexi, era uma gratidão enorme por darem todas aquelas lições.

11
Na companhia de Xangô III

Escutei um silvo e sabia que era do Caboclo Sete Montanhas, então levantei e olhei para cima, e lá estava o caboclo me chamando para prosseguir. Os ensinamentos eram muitos e não paravam. Olhei ao redor, e nenhuma cobra podia ser avistada, o fogo também havia cessado; as rochas soltas, o musgo e as gramíneas eram minhas companheiras; não era possível olhar o horizonte, apenas nuvens encobriam o céu acima e na minha frente, estávamos no meio das nuvens. Corri, apressei os passos e, minutos depois, alcancei o caboclo.

Olhei em volta procurando as cobras e continuamos a subir. Muito tempo se passou, e a subida ficou íngreme, sendo necessário escalar com os pés e as mãos. Fui com a coragem de alguém que não podia se dar ao luxo de titubear ou de vacilar, não podia mais me permitir ter medo depois de tantas provas, não queria mais falhar mesmo sabendo que isso iria acontecer.

Um pouco mais adiante, as pedras ficaram soltas e quebradiças, e cada vez que me apoiava era um susto, pois a pedra se deslocava e rolava morro abaixo. Enquanto isso, o Caboclo Sete Montanhas subia sem que nenhuma pedra rolasse ou se soltasse. "Qual era o segredo?", me perguntei.

Rezei, pedi luz e licença aos Exus e guardiões do local, e ao meu Pai Xangô, pedi que me mostrasse o caminho a seguir. Após a breve oração, continuei a subir, mas quase não conseguia sair do lugar, ou pior, quase caí várias vezes. Gritei para o Caboclo Sete Montanhas, que já estava muito longe, creio que não me escutou, porque não parou de subir, tinha eu que aprender a escalar. Olhei atentamente o caminho que o caboclo percorreu e tentei seguir seus passos em vão, pois as pedras se soltavam.

Estudei a região, procurando as pedras mais duras e maiores para então subir, mas foi em vão. "Qual seria esta lição? Qual a lição desta etapa? Como poderia passar por esse desafio?" Essas perguntas povoavam minha mente e me fizeram parar e refletir. Fiz uma revisão dos ensinamentos que tive até aquele momento e falei a Xangô que eu estava ali e que se eu pudesse servi-lo, que me entregaria de corpo, mente e alma. Lembre-me que não poderia ser egoísta e pensar só em aprender e absorver, tinha também que servir, que aliás era algo que me encantava.

Um vento se instalou no ambiente e soprava da direita para a esquerda, muito pó se desprendia das rochas, e eu só conseguia olhar para a esquerda. Continuei a pedir e me prontificar sem perder a calma, inspecionando minha intuição para escutar as respostas.

Até aquele ponto, tinha dado pouco ou nenhuma importância à intuição, os acontecimentos tinham que ser palpáveis para eu aprender. Apenas alguns lampejos, *insights*, tinham me ajudado, no mais não tinha me atentado para a intuição, esse importante mecanismo de comunicação, talvez o mais importante de todos para qualquer um dos médiuns.

Nesse momento me lembrei de quantas consultas as entidades nos falavam para aprender a escutar nossa intuição, a saber diferenciar se era de uma entidade de luz ou não, e eu no meio de tantos acontecimentos e no meio de um reino dos Orixás não tinha valorizado essa dádiva que Deus coloca aos homens. Pensei e esperei o vento passar, para encontrar uma saída para o impasse que me encontrava. Senti em minha mente uma afirmação, era minha intuição brotando. "Continue a subir", era a mensagem. Apesar de ter aprendido que não deveria negar a intuição, falando coisas como "isso é da minha cabeça", pedi a confirmação:

– Devo continuar subindo? Essa é sua mensagem, senhor?

Senti um "sim" bem forte, sabia que era a resposta, mas inspecionei rapidamente a energia da mensagem, que tipo de energia me sondava, para saber se era de luz ou não. Pai Tobias nos ensinou que quando estivéssemos em dúvida, deveríamos elevar os pensamentos ao Orixá e a ele pedir a confirmação, pois se fosse dele a mensagem, a entidade confirmaria, se não, não haveria resposta.

– Meu Pai Xangô, senhor de toda a Justiça e de todo o equilíbrio, estou em seu reino e sou grato por todas as bênçãos e pelos ensinamentos recebidos, por isso peço que me confirme se devo continuar a subir.

Mais uma vez senti um forte "sim" e voltei a subir com muita fé. Não enxergava onde minhas mãos iam se apoiar, nem meus pés, pois o vento me impedia, e quando tentava olhar, meus olhos ficavam cheios de pó. Fui assim me movendo na pura fé e na obediência e intuição de Xangô, e nenhuma pedra se mexeu, nem desmanchou, nem desmantelou, ou mesmo se soltou, todas ficaram sólidas e presas. Subi rápido tal como o caboclo das Sete Montanhas. Intuitivamente, recebi a resposta, quanto aprendizado nesta iluminada viagem!

– Às vezes na vida, nossos olhos enganam, nossa mente se perde, mas a fé quando é verdadeira pode nos guiar mesmo na cegueira completa. Salve, Xangô! Saravá, meu Pai!

12
Subindo na fé

O vento começou a parar, e eu consegui enxergar, mas não procurei escolher as pedras ou o caminho, fui na fé guiado por minha intuição, que com certeza provinha de Xangô. Algum tempo passou e avistei no alto o Caboclo Sete Montanhas, que estava sentado em uma árvore ou raiz de árvore pendurada no meio do penhasco. "Ufa! Enfim consegui alcançá-lo", pensei.

Ao chegar mais perto, fez sinal para eu me sentar ao seu lado. Confesso que era muito perigoso e me deu muito medo, mas me sentei. Seu dedo apontava para cima, olhei e vi que não enxergava mais o topo, subi muito, muito mesmo, e o topo ficou bem mais longe. O caboclo, lendo meus pensamentos, falou:

– Na montanha de Xangô só sobem os que se elevam moralmente, elevam seus espíritos e se aperfeiçoam. Você aprendeu que a cada momento tinha que ter autodomínio, não julgar e não ficar à mercê de pensamentos descontrolados para subir. Agora a montanha, percebendo sua real vontade de aprender, percebendo que você entendeu que o caminho, o meio, é tão importante quanto o destino, se revelou por inteiro. Se você a tivesse avistado assim lá embaixo, teria subido? Teria enfrentado cobras, fogos, raios e pedras?

– Não. Teria ficado com medo, meu pai, e não teria subido, ou pelo menos teria titubeado bem mais em subir. Lá de baixo, ela me pareceu fácil. Achei que não demoraria a subi-la. Se eu tivesse olhado ela como vejo agora, não iria querer chegar ao topo, pois o topo sequer é visto daqui, que já é muito alto.

– Às vezes vocês querem saber tudo de uma só vez, não respeitam as etapas e as experiências. Precisam compreender que somente o tempo, a vivência e as etapas sendo vencidas uma a uma lhes darão a condição de continuar a luta. Se revelássemos a vocês tudo de uma vez, não teriam coragem de começar, pois pareceria impossível. Assim, vamos dando a vocês conforme vão crescendo, vão vencendo uma a uma das etapas. Respeitar essa individualidade é a única forma de passar o saber de Umbanda de uma maneira compreensível e que trará proveito a todos.

O sábio Caboclo Sete Montanhas explicou isso olhando para o horizonte, sentado naquela raiz.

– Entendi perfeitamente, meu pai. Muitas vezes nos preocupamos tanto com o futuro que esquecemos de trabalhar no presente, queremos aprender e descobrir todos os mistérios e magias da Umbanda, mas não vivenciamos os ensinamentos no nosso dia a dia, naquilo que está ao nosso alcance, nas nossas mãos, por isso as entidades não revelam tudo de uma vez e revelam parte para um e outra parte para outro, respeitando o tempo e a individualidade de cada um.

Era gratificante perceber que eu era exatamente assim, queria saber tudo de um dia para o outro. As etapas a serem vencidas na Umbanda e na Espiritualidade são demoradas, não adiante querer pulá-las. Ansiava sempre por mais do que o momento me proporcionava, quantos ensinamentos não ficaram para trás por ser tão afoito e ansioso...

Diante das revelações, de todo o aprendizado, sentado junto ao Caboclo das Sete Montanhas, fiquei bastante tempo contemplando o momento, as montanhas, tudo que passei nesta viagem e, por fim, comecei a examinar o local que estávamos sentados. Era uma árvore desvitalizada cujas raízes eram mais grossas que meu corpo e estavam penduradas no que sobrou do tronco, caule, da antiga árvore. Impressionava-me como as raízes mesmo já sem vida sustentavam aquele peso todo, ainda mais dois pesos, o meu e o do Caboclo Sete Montanhas.

"Quanto tempo teria vivido aquela árvore? Há quanto tempo ela estava sem vida ali?" Essas perguntas me inquietavam, então o Caboclo Sete Montanhas se virou e com o dedo indicador apontou em nossas laterais, onde havia várias árvores idênticas a que estávamos sentados, todas estavam mortas e penduradas no penhasco. De fato eram muitas e formavam um cinturão que parecia contornar toda a montanha.

– Estas são um dos estágios de proteção da montanha sagrada. Se o aprendiz que vier aqui não se sentar e contemplar, demonstrando respeito, admiração e gratidão, despenca da sagrada montanha. Aqui sabe-se se você pode subir ou será jogado morro abaixo – disse-me o Caboclo das Sete Montanhas.

Ia indagá-lo, mas não houve tempo.

– Essas árvores remontam ao início da criação da Terra, trazem em suas memórias a saga dos espíritos que aqui foram trazidos por nosso Pai Maior, por isso que seus galhos e raízes só dão sustentação a seres que queiram de verdade aprender e não desperdicem a oportunidade de evolução. Você mostrou vontade e propósito em cumprir os testes das montanhas, que agora permitem o nosso continuar.

– Meu pai, agradeço muito e fico honrado e feliz.

Debrucei-me sobre a árvore e bati a cabeça em total respeito, submissão e, ao mesmo tempo, gratidão. Beijei suas raízes em sinal de amor, um amor eterno e de muita gratidão. Ficamos ali ainda um bom tempo, assimilando aquelas palavras e a história do local.

O Sol parecia descer no horizonte como em um entardecer, e as cores iam se modificando. As sombras eram cada vez maiores, e o céu que abria azul agora se modificava em um tom alaranjado, cobrindo todas as trevas. Muitos pássaros começaram a voar e circundavam a montanha, cada vez mais perto de nossas cabeças. Eram águias e falcões, majestosas aves que com seus gritos mostram seu poder.

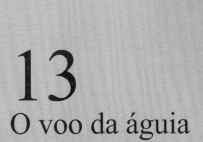

13
O voo da águia

Seu Sete Montanhas me pediu que tivesse especial atenção com uma águia cujas penas eram marrons e brancas, pois era uma ave de, pelo menos, um metro e oitenta de envergadura, imponente. A impressão era de que sempre estava me olhando.

Cumprindo um pedido do seu Sete, não desgrudei os olhos daquele ser lindo que pairava no ar. Mais algumas voltas, e a águia estava a pouco mais de um metro de mim, obviamente senti um certo medo e o externei para seu Sete.

– Pai, estou com medo, será que ela não me atacará?

– Você está em solo sagrado. Lembra que lhe afirmei que nesta altura somente os mestres e os verdadeiros aprendizes podem ficar? Você acha que esta águia é uma ave comum? Claro que não, é também um animal sagrado, portanto cumpre ordens de Oxalá. A propósito, que Deus e meu Pai Xangô o abençoem, fiquei muito feliz em dividir este tempo contigo, e não se esqueça de praticar as lições. Até breve.

Sorri sem entender direito o queria dizer com aquelas palavras, mas antes que eu perguntasse ou mesmo falasse um "tchau" a águia deu um rasante e me pegou pelos ombros. Logicamente levei um baita susto, queria muito continuar na presença do caboclo e no morro de meu Pai Xangô, mas pelo visto iria para outro local. O medo tentou aparecer, mas em seguida dominei meus sentimentos inferiores e me entreguei a Deus e aos Orixás.

A águia fazia movimentos espiralados e descia, enxerguei o fogo, a caverna, as pedras soltas, passamos pela neblina, pelo Sol forte, o Sol poente e depois o alvorecer, até que a águia me depositou ao lado das margens daquela cachoeira onde a escalada havia começado. Olhei para os lados e tinha certeza que ali era o local que havia iniciado a minha subida, me ajoelhei, bati a cabeça no chão e disse:

– Meu Pai Xangô, obrigado por tudo! Que esta experiência não saia da minha vida, que seja o início de minha caminhada, que eu consiga colocar em prática todo esse aprendizado. Obrigado, obrigado, meu pai! Obrigado de coração! Kaô Kabecilê, meu pai. Logo em seguida comecei a cantar:

– Mais uma vez meu Pai Xangô me ajudou

E no terreiro eu vou cantar em seu louvor.

Mais uma vez meu Pai Xangô me ajudou

E no terreiro eu vou cantar em seu louvor.

Xangô é meu guia, é meu protetor

Na tristeza e na alegria, nunca me abandonou.

É o Senhor dos raios, é o Deus do trovão

E sua machadinha, Xangô traz ela na mão.

A gratidão por tudo que estava vivendo enchia meu coração, então voltei a agradecer:

– Obrigada a todos os Exus, que me deram a bênção e a proteção nestes reinos, e ao seu Sete Montanhas, por todo carinho, amor e pelas lições, assim como pela atenção dedicada a mim. Kaô, meu pai! Kaô Kabecilê Obá! Laroiê, Exu! Exu é Mojubá. Mojubá, Exu!

Com a cabeça encostada no chão ainda, minhas lágrimas eram gritos de gratidão e felicidade. Fiquei ali na mesma posição por um bom tempo, só tive coragem de me levantar quando senti uma presença conhecida se aproximando: era o caboclo que me resgatou no início dessa jornada, lá nas florestas.

14
A volta do índio

    Levantei-me e olhei à minha esquerda, e lá estava o gigante indígena, sentado me olhando com aquele divino sorriso, um maravilhoso semblante. Imediatamente me dirigi a ele, sentei-me ao seu lado em silêncio e fiquei a observar tudo que estava a nossa volta.

    Deixei-me levar pelas belezas do lugar, dos pássaros, da cachoeira, dos rios... Meu fascínio por tudo que via não permitiu que eu percebesse o movimento do caboclo, que havia se levantado e atravessado o rio, encontrando-se na outra margem. Levantei-me e fui em direção ao índio, seguindo seus passos para atravessar o leito do rio, e logo estava ao seu lado.

Assim que cheguei, me mostrou que devíamos caminhar, e fomos em frente. Como ocorreu nas outras vezes, na presença desse índio era como se não houvesse mais medo, nem sofrimento, nem dor, era a esperança energética, era a presença da paz e do amor.

Andamos por alguns minutos, que logo se fizeram horas. O caminho era de uma vegetação rasteira, com apenas pequenas gramíneas, arbustos isolados, mas haviam muitos cheiros. Acredito que era uma pradaria ou um cerrado. Continuávamos a avistar muitos pássaros, todos pequenos, do tamanho de pardais. Pelos cantos, sabia que eram de diversas espécies, como: canários-da-terra, bem-te-vis anões, sabiás, sanhaços, trinca-ferros, entre outros. Era uma orquestra a nos acompanhar na caminhada, uma verdadeira sinfonia.

Mais adiante, surgiu uma clareira sem nenhuma vegetação, tendo apenas uma terra nua. Era um círculo perfeito. O caboclo me mostrou que deveria me sentar no centro daquele círculo e lá rezar, então caminhei alguns passos em sua direção, porém parecia que o círculo andava comigo. Apesar de parecer não ter mais que 100 metros, ou 50 de raio, eu não conseguia chegar ao centro.

Tentei correr, andar devagar, saltar, pular, mas o círculo literalmente andava comigo. Olhei ao redor à procura do índio, mas não enxergava mais ninguém. "Será que andei muito? Será que estou tão longe dele que não o avisto mais?", me perguntava em silêncio.

Logo passei a falar:

– Saravá, meu pai! O que devo fazer? – questionei em voz alta na esperança de algum caboclo, ou de aquele caboclo, me ouvir.

Passados alguns minutos e após dezenas de tentativas de alcançar o centro, decidi sair do lugar, pois não estava obtendo êxito em alcançá-lo. Direcionei-me assim à margem e, novamente, tive a impressão de o círculo andar comigo. Nem na margem conseguia chegar, mesmo correndo, pulando, saltando e andando devagar. Passei a me preocupar um pouco, pois não chegava ao meio nem conseguia sair daquele local.

15
No círculo da vida

Como não estava progredindo, resolvi me sentar, me acalmar, rezar e buscar alguma alternativa para aquela situação. Pedi em oração:

– Deus, meu pai, em seu nome e em nome de todos os Orixás, venho lhe pedir uma luz para minha situação. Ao tentar cumprir a missão dada pelo caboclo, me encontro perdido. Salve este seu filho, meu Pai. Sua bênção!

Era uma súplica, não de medo, de raiva ou de uma forma perdida, ou de indignação, era apenas um aprendiz, atento e focado pedindo a bênção de seu pai. Comecei a saudar todos os Orixás, os povos, as entidades, mas a resposta não chegava. Acalmei-me mais uma vez e busquei compreender. Pensei: "Estou em uma clareira, neste local não existe nenhuma gramínea, nenhum broto, somente há a terra, uma terra nua, sem pedras, com vegetação seca e mais absolutamente nada, então a tentativa de alcançar o centro, ou de sair do círculo, é em vão, pois o círculo me quer dentro dele. Se é isso, por que não chego ao centro?"

Depois de um tempo tentando achar uma resposta, me lembrei de que não pedi licença aos donos daquela terra, então falei em voz alta:

– Salve, todos os Orixás! Saravá, Exus e Pombagiras donos deste ambiente! Peço sua bênção e sua licença para aqui estar. Laroiê, Exu! Exu é Mojubá!

Fechei os olhos e, de repente, ouvi algumas vozes sussurrarem. Quando abri os olhos estava no meio do círculo.

– Obrigado, meus Exus! Saravá, meu pai! Saravá, minha mãe! Bom, e agora? O que devo fazer?

Iniciei uma oração e senti o chão se abrir de forma muito abrupta, sendo sugado para dentro da terra como quem cai em um grande buraco fundo. Nesse momento, observando as camadas da terra ao meu redor, percebi que cada camada era uma época da Terra diferente. "Quantas histórias, quantas épocas, gerações e povos aquelas terras podiam contar? Quantos milênios estavam ali diante de mim?", pensava deslumbrado.

Continuei descendo, sem medo, apenas tinha curiosidade de saber onde tudo aquilo me levaria. Quando parei de descer, sabia que estava encravado na terra. Tentei me mexer, mas era impossível, pois a terra estava em toda minha volta, nem sei como podia respirar.

Rezei, pedi bênçãos e licença aos protetores do local, me colocando à disposição deles. Estava entregue de corpo, mente e alma a Deus e aos Orixás. Em seguida, um estrondo meio rouco se fez presente, e a terra começou a se deslocar. Comecei a ficar bem menos oprimido pelas forças da terra. De repente ela se abriu, e me vi em um enorme salão, bem no centro, sentado em um banco de barro. Aliás tudo era de barro, e a forma do salão era um círculo que parecia igual ao que o caboclo me mostrou na pradaria.

Respirei fundo e olhei para todos os lados, e das paredes começaram a sair elementais da terra. Cada grupo tinha aspectos distintos e, nitidamente, energias diferentes, que eu conseguia sentir. Eles literalmente se desgrudavam das paredes de barro e até do chão se desprendiam.

16
Os povos da terra

Apenas um grupo se movimentou e veio em minha direção. Eram centenas, ou milhares, de seres, foi como se eu entrasse na água, estivesse numa ilha, pois estava completamente cercado de seres elementais por todos os lados. Tive a nítida impressão de flutuar, como se eles estivessem me conduzindo. A sensação era firme e, de certa forma, muito pesada, mas claramente uma energia do bem.

Nesse momento um filme passou na minha frente, ou melhor, era como se eu filmasse ou estivesse nesse filme, que mostrava a formação do nosso lindo planeta Terra. Era muito fogo, como um vulcão em erupção. Fumaças eram poucas, mas as lavas estavam sempre incandescentes, havia explosões em todos os cantos, e o céu era cercado de raios e trovões. Estes eram tantos e com tamanha frequência que se tinha a impressão de ouvir um grande e único trovão com um ronco ininterrupto a balançar toda a Terra. Isso aconteceu por horas e horas.

O fogo começou a esfriar, e aquela lava a escurecer e endurecer, formando rochas muito duras e escuras, o que se seguiu lentamente, formando mais e mais rochas e pedras. Ao olhar com mais calma, percebi que tanto nas labaredas como nas lavas e nos trovões habitavam inúmeros seres, que trabalhavam ininterruptamente. Ao me aproximar de um grupo, para tentar falar com esses seres, percebi que era invisível aos seus olhos, então fiquei admirando-os, todos eram muito diferentes de tudo que eu já tinha presenciado.

Uma rocha logo me chamou a atenção pelo seu atípico movimento, e dela começaram a sair seres iguais aos que eu tinha visto momentos antes, dentro daquele espaço na terra, que me fizeram flutuar e que estavam me rodeando naquela sala redonda. Perplexo e feliz, exclamei:

– Creio que estou assistindo ao nascer de seres elementais.

Num piscar de olhos, voltei a enxergar o salão todo de barro, reverenciei aqueles elementais ao meu redor e percebi que eram os mesmos que nasceram no endurecimento da lava no início da Terra. Em seguida outro grupo se aproximou, e mais uma vez me senti em um filme.

As mesmas rochas resfriadas do fogo me intrigaram, reparei que o céu estava muito escuro, sem sequer um espaço azul, e de forma instantânea uma enorme tempestade se formou. No princípio era um vento muito forte que mudava de direção a todo instante, incessantemente, só depois vieram a chuva e o vento. A força do tempo passou a formar grandes piscinas, logicamente o solo dessas piscinas era rochoso.

Quando as rochas entraram em contato com a água, ocorreu uma mudança perceptível na qualidade delas, e mais seres como aqueles que me ladeavam no salão brotaram dali. Num instante voltei ao salão, os elementais retornaram aos seus lugares, e um outro grupo se aproximou. O mesmo ritual se repetiu com outros grupos, e todos me fizeram acompanhar seus nascimentos, do início dos tempos até o presente. Era um ritual ininterrupto lindo e que, ao mesmo tempo, me transformava e me enchia de informações absolutamente impossíveis de serem transcritas.

Creio que se passaram horas, talvez dias, até que todos os que estavam naquela sala me mostrassem seus nascimentos. Mais uma vez perplexo e feliz, me curvei a todos com pura gratidão e respeito. Saí da cadeira, me ajoelhei, bati a cabeça em todas as direções a me curvei diante daqueles que formaram a nossa amada Terra.

Em seguida, de um dos cantos, saiu um Preto Velho, que se aproximou dizendo:

– Salve, meu fio! Seja bem-vindo a terra da Terra, a nossa mãe.

– Salve, meu pai! Sua bênção.

Em posição de respeito, beijei sua mão e o dorso de seu pé. Muito curioso, perguntei:

– Meu pai, o que assisti foi mesmo o nascer desses seres?

– Sim, ocê presenciou o nascimento, o dia da criação desses irmãos não humanos. O que mais ocê conseguiu absorvê?

Pensei, pensei e tentei entender, alguns pensamentos vieram, mas para mim não faziam sentido, até que me surgiu algo:

– Meu pai, diria que vi a criação do planeta Terra, estou certo?

– Mais uma vez sim, ocê assistiu parte da criação deste nosso planeta, meu fio, mas ocê visualizô algum animal, observô algum ser vivo?

– Não, meu pai, realmente nenhum animal, nem planta ou outra forma de vida material eu pude observar.

– Portanto – disse-me o Preto Velho –, antes de todos nós, de todos os animais, de todos os vegetais, de todas as outras formas de vida, estavam os seres elementais da Terra, que só foram antecedidos pelos primeiros elementais do fogo e do ar, que não são mais os mesmos daquela época. Ou seja, os elementais que ocê viu são os seres mais antigos do planeta que ainda o habitam, eles são a mãe Terra, os donos do planeta. Chamamos eles de Onilê.

– Pai, mas os elementais que haviam antes, como o senhor mesmo falou, o do fogo, por exemplo, eu não os vi? Por que não são os mesmos? – perguntei ao nobre velho.

– São seres que criam em nome da força do Pai, criam planetas, são criadores de elementos necessários para que a criação aconteça naturalmente. Criam outros elementais e migram para outros planetas – me respondeu com muita amorosidade o Preto Velho.

17
Onilê

Admirado com que tinha ouvido, continuei perguntando ao Preto Velho:

— Estou impressionado e muito agradecido, não tenho palavras para agradecer, meu pai, muito obrigado! Mas sem querer abusar de sua paciência, o senhor pode me explicar melhor sobre esses seres que me deram a honra de conhecê-los e que o senhor nomeou de Onilê?

— Com certeza, meu fio. Estes são os verdadeiros donos, aqueles que sempre pedimos licença para habitar, plantar e mexer na terra. Toda a terra é deles, por isso são a mãe Terra. Ao se mudar, deve pedir licença e bênção a Onilê. Quando faz um templo, deve pedir licença aos Exus, que guardam Onilê, e licença e bênçãos ao próprio Onilê – explicou-me o Preto Velho.

Com sua infinita sabedoria e paciência, ele continuou:

– Vários povos tinham e têm um culto à mãe Terra, aos senhores da Terra, e sempre veneram esses senhores. Ocê já deve ter feito ou visto muita gente derramá um pouco de água, ou outra bebida, no chão antes de beber e dizer: "esta é pro santo", não é mesmo? Esse costume é herança do meu povo, que sempre antes de beber oferece à Terra, aos senhores da Terra, e só depois bebe, porque o primeiro deve ser sempre Onilê.

– Pai, realmente já vi. Muitas vezes, falamos isso brincando quando derramamos sem querer. Em alguns rituais, assisti e vi pessoas jogarem água no chão, como no Obi, é a mesma coisa?

– Em parte sim, em parte não. Todo o processo o qual não deve ser revelado, não posso me aprofundar, quando ocê em suas entregas derrama as bebidas em torno delas, está fazendo sua parte, dando bebida a terra, a Onilê. Lembre-se, meu fio, de que os Orixás são os primeiros movimentos do nosso Criador, por isso são a anterioridade do espírito e da matéria, assim são anteriores a Onilê. Não confunda a criação de seu planeta com a criação de todo o Universo.

– Pai, devemos cultuar em local próprio Onilê ou fazer algo semelhante em rituais na Terra?

– Isso depende de cada casa, meu fio, hoje o importante é saber da existência de Onilê e dos verdadeiros donos da Terra, que são estes seres, senhores, anteriores a todas as vidas e a todos os animais.

– Muito obrigado, meu pai, com certeza irei mudar muito a forma que faço minhas entregas, pois passarei a observá-las. Onde moro, onde trabalho, ou nos lugares onde for, adorarei e respeitarei essa liturgia, agradecerei sempre a esses seres de tantos milhões de anos que ainda hoje cuidam da nossa Terra, da nossa mãe.

Após esse diálogo, todos os grupos de seres se aproximaram e me envolveram, como se todas as terras voltassem a cair sobre mim. Senti-me em baixo da terra, uma energia densa, mas que me fortalecia e me fazia firme. Toda aquela energia telúrica era tão antiga que me maravilhava e me fazia repetir muitas e muitas vezes: "obrigado!" A partir de agora, irei respeitar muito mais qualquer grão de areia, punhado de terra, ou torrão, pois entendi o significado de sua antiguidade.

Depois de sentir toda a pressão da terra e me sentir conectado com a história de toda a vida no planeta, senti uma espécie de torpor que me fez desmaiar. Literalmente, perdi meus sentidos, não sabia se estava de pé, deitado ou sentado, simplesmente me deu um apagão na mente.

18
O nascer dos povos

Acordei assustado pelo desmaio e me deparei com uma floresta exuberante, em um dia de Sol e calor. Entre os arbustos saía um zum-zum-zum, as folhas se mexiam e os galhos pareciam que estavam sendo quebrados. Em instantes saíram dali muitos índios falando em seus idiomas e carregando uma caça amarrada em um grande tronco, todos vindo em minha direção. Pareciam alegres, talvez pela caça bem-sucedida, não sei dizer. Traziam em suas costas grandes cestas que estavam carregadas de frutas e de raízes. Eram todos homens e adultos, ou pelo menos adolescentes, tinham estatura mediana, não eram altos como os indígenas que havia me deparado antes, nem eram tão iluminados como os de outrora nesta minha viagem.

Ao se aproximarem de mim, eu saudei-os, mas era como saudar uma porta, como se não eu existisse. Esperei, e eles passaram por mim. Eu realmente não existia para eles. Apesar de achar aquilo muito estranho, a caça me chamou a atenção, pois eles carregavam um animal que nunca tinha visto, era com certeza uma espécie diferente. "Onde estaria eu?", pensei.

Essa cena fez eu perceber que se tratava de mais uma lição, mas qual? Elevei meus pensamentos e comecei a rezar para Deus e para nosso pai Oxóssi. Em seguida, senti a presença de alguém familiar, parecia meu caboclo, aquele que me socorreu na floresta no início desta minha jornada. Olhei para trás e o vi sentado, como sempre esboçando seu sorriso e esbanjando luz e paz. Em reverência e respeito, o saudei.

Ele se aproximou de mim e, ao me tocar, fui tomado de grande emoção, e tudo ficou claro demais, como um raio, e ao voltar a enxergar me deparei com outra visão. Agora era um campo com arbustos, mas, desta vez, secos. Parecia um cerrado ou o início de um grande deserto. Procurei o caboclo, só que não o avistei, nem mesmo senti sua presença. "Sozinho" novamente, passei a investigar o local à procura de alguém ou de algo que me fizesse entender tudo aquilo.

Escutei palavras e zunidos, olhei em um dos meus horizontes e vi muitos índios cantando e caminhando. Possuíam roupas e acessórios muito diferentes dos que eu havia visto em livros, filmes ou em qualquer pensamento próprio. Eles caminhavam em minha direção e passaram por mim como se não existisse, da mesma maneira do que os anteriores. Analisei e percebi que eram tempos distantes, que se assemelhavam à época da civilização Inca.

Como ainda não tinha entendido o que estava se passando, rezei para receber uma luz, mantendo sempre minha cabeça no controle para que o medo e as incertezas não fizessem morada em mim, afinal já tinha apanhado o suficiente nesta viagem para compreender que deveria sempre estar pronto para aprender e para ajudar.

Assim, me coloquei à disposição de Deus, pedindo também alguma intuição, algo que me mostrasse o significado de tudo aquilo.

Após esse momento de interiorização, olhei para trás, pois sentia a presença do caboclo, e lá estava ele. O nobre índio colocou sua mão em meu ombro e, mais uma vez, o clarão se fez. Sabia que iria para outro local. Abri meus olhos e, ainda sem enxergar, percebi que estava voando, levitando sobre florestas, campos e rios. Ao voltar a ver, recebi um presente: uma natureza exuberante e, com certeza, encantada. Ali embaixo existiam tribos, várias tribos de índios, que corriam, nadavam... Continuei voando, beliscando o céu. Passei por muitas florestas, chapadas e serras, por campos e lugares que eram mais parecidos com desertos, e em todos, sem exceção, haviam homens, mulheres e crianças indígenas.

Chego então a um litoral, um espaço de mata e mar, onde começo a descer, e avisto ao longe uma frota de navios a vela antigos. Pareciam de desenhos, pois eram arredondados e suas velas possuíam marcas vermelhas e verdes. Havia ainda pequenos botes carregando homens vestidos de forma medieval, que desembarcaram na areia. Ao aportarem nas areias, encontravam os nativos. Era o momento da história em que os brancos se encontravam com os indígenas.

Sinto novamente a presença do caboclo, que me toca e novamente um clarão se faz. Meus olhos ficaram ofuscados. A energia agora era muito diferente, se assemelhava à energia que senti quando estava embaixo da terra. Aos poucos fui enxergando, estava numa espécie de caverna, onde não havia luz solar, apenas o cintilar de uma fogueira em um dos cantos. Levantei-me e fui em direção à fogueira. Bem próximo das labaredas havia um senhor negro sentado, que observava todo meu caminhar. Com respeito, perguntei:

– Olá, posso me aproximar?

– Sim – disse o senhor.

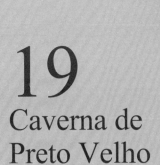

19
Caverna de Preto Velho

A resposta simples, direta e curta demonstrava aos meus ouvidos que se tratava de um ancião, ou seja, era com certeza um Preto Velho. Meu coração disparou, afinal sabia que era mais uma oportunidade de estar com uma entidade tão sábia e iluminada, então um misto de ansiedade e euforia se assenhorearam de mim.

– O menino pode se acalmar, não pode se perder – disse-me o senhor.

Respirei fundo, rezei a Xangô, pedindo equilíbrio, a Ogum, para que me desse proteção, e aos Exus, para me guardarem. Saudei os Pretos Velhos e todas as Almas.

– Assim tá meió! Pode vir aqui, meu fio – falou o senhor negro.

Ao me aproximar, lá estava um negro de muita idade e que exalava um perfume de alegria, que se traduzia em alecrim e alfazema. Chegando mais perto, senti uma forte emoção, algo que me impactava, mexia no meu interior, no meu âmago. Rezei, me ajoelhei e me aproximei mais. Quando estava a poucos passos dele, não me contive. Em minha face se fez uma cachoeira de lágrimas, e logo aquela emoção se fez presente em todo meu ser.

– Venha, meu fio, se aprochegue – chamou-me carinhosamente o ancião.

Tremendo e emocionado, me ajoelhei aos pés daquele ser, depositando minha "coroa". Bati a cabeça e beijei seus pés. Era como se não fosse digno de cumprimentá-lo beijando sua mão e olhando para ele, não me sentia à sua altura.

– Que os Orixás abençoem ocê. Saravá, ocê, em nome de Deus e do senhor da Terra.

O Preto Velho pediu que eu sentasse, então me sentei no chão e com a cabeça abaixada, não conseguia olhar nos olhos daquele iluminado espírito.

– Suncê tá avistando o que sou? – perguntou-me.

Sua fala me pegou de surpresa, pois não havia inspecionado a razão daquela emoção. Sabia que era divina, pura, de um amor incontrolável e incalculável, mas quem era aquele homem? Passados alguns segundos ou minutos, respondi:

– Meu pai, perdoa-me, só consigo lhe dizer... – me debulhei em lágrimas sem conseguir concluir, e mais uma vez a emoção tomou conta de todo o meu ser.

Respirei fundo para tentar continuar:

– Consigo lhe dizer que sou grato por estar na presença de um ser de tanta luz como o senhor, desculpe minhas emoções, porém as entenda como grande gratidão – finalizei ainda com a voz embargada.

O sorriso acalentador e um afago na minha nuca e em meu rosto me fizeram restabelecer o equilíbrio.

– Sinta, meu fio, sinta eu. O que eu sou?

Bem mais centrado, ainda sentindo todo o poder daquele espírito, tentei responder:

– Sinto, meu pai, que o senhor é muito antigo, que, aliás, além de iluminado, o senhor é sábio e carrega um conhecimento absurdamente grande. Sinto que o senhor guarda em seu espírito muito da história da humanidade. Não sei lhe explicar como sei disso, mas é assim que eu o vejo, se me permite; o senhor me parece o espírito que acompanha toda a humanidade. Não como muitos de nós em provações ou reencarnações, e sim como um mestre de inúmeras gerações.

Assustado com a revelação e com as recordações que mostraram para mim, olhei para as mãos do ser e me atrevi:

– Pai, perdoa-me, mas posso saber o nome do senhor? E o senhor pode me explicar se estou certo na sua anterioridade e intimidade que lhe respondi recentemente?

Antes de me responder, falou:

– Antes, meu fio, venha aqui e se deite nesse pedaço de paia, prá que ocê sinta a energia desta terra e restabeleça sua cabeça.

Logicamente me deitei, pensando que devia ter dito a maior das besteiras. "Se ele mandou eu me deitar e aplicou o 'passe' depois, imagine o que eu disse! Devo ter falhado feio", refletia em silêncio. Meio sorrindo, meio envergonhado, lá estava eu deitado, sendo abençoado por um ser único.

20
Deitado na esteira

Um sono se fez presente, e relutei com todas as minhas forças, pois tinha medo de não estar mais naquele lugar se dormisse, então o negro me disse:

– Pode ficá tranquilo, fio, estarei aqui depois – logo eu caí adormecido.

Ao fundo, ouvi chiados, que logo foram aumentando de intensidade, mas não conseguia abrir os olhos. Meu corpo estava imóvel, eu me sentia preso, mas sem a sensação de medo ou insegurança, apenas uma estranheza e uma certeza de que não estava no mesmo local que havia adormecido. Imediatamente pensei que o nobre Preto Velho havia me mentido quando afirmou que ele estaria ali quando eu acordasse.

Estranhamente, estava tirando conclusões antes mesmo de enxergar, de abrir os olhos, mas o cheiro, o barulho e a energia que sentia me davam a certeza absoluta que não se tratava da terra, da caverna, das entranhas onde adormeci. Além de todas as sutilezas, o mais nítido era a densidade, o local atual era leve, enquanto o espaço que estava aprendendo anteriormente era pesado, sem ser negativo.

Ao mesmo tempo em que emiti um pensamento de julgamento a uma entidade tão nobre como a que eu tinha acabado de conhecer, minha mente já me corrigiu, demonstrando que eu não tinha ainda acordado, não sabia onde estava nem o significado das frases do Preto Velho, portanto antes de condenar ou julgar deveria entender o que estava acontecendo.

Abri os olhos com dificuldade, pois havia uma claridade muito intensa que não me permitia entender ou visualizar o espaço que me encontrava. A chiadeira era cada vez mais presente e intensa, o que me perturbava de certa forma, uma vez que era impossível compreender o que se passava, não conseguia me concentrar com aquele estranho barulho. Mesmo me acalmando aos poucos, fazendo minhas orações, entoando cânticos e pontos cantados, faltava clareza mental ou intuição para compreender aquela situação.

Comecei a buscar uma lógica para todo o acontecimento. O Preto Velho me perguntou quem ele era, sua essência, e eu dei uma resposta e logo após ele me mandou me deitar em um espaço de palha que estava preparado anteriormente, depois disse que iria dormir e quando acordasse ele estaria ali. "Bom, estou acordando ou penso que estou, mas não enxergo nada, sinto uma leveza, mas não tenho intuição, não sinto medo ou insegurança, não consigo me mexer, mas também não me sinto amarrado, preso. Na verdade, é como se eu não sentisse nada", pensava sem parar. Ainda assim estava sem resposta e com algumas pulgas atrás das orelhas.

Tudo me inquietava: o local que me encontrava e a forma que fui apresentado àquelas entidades, em especial àquele senhor de intensa sabedoria e luz, que me pareceu ser o primeiro dos seres humanos, com a história da humanidade gravada em si, e que me explicou sobre Onilê, os senhores da Terra, os que aqui estavam quando Deus por meio dos Orixás criou a matéria e depois criou os seres; tinha ainda o fato de que quando a entidade me pediu para buscar a essência dela, eu descrevi a origem da humanidade e a leveza e a luz daquele ser, e ela apenas pediu que eu deitasse, e eu também ousei pedir seu nome.

Com essas informações, com a sensação do local, ou melhor, a ausência de sensação, e com a bagagem de toda a jornada até aquele ponto, me tranquilizei, foi bem fácil, na verdade, pois o local inspirava calmaria, não havia nada lá. Então comecei a raciocinar e a meditar. "Onde tudo aquilo queria me levar ou o que queria me revelar?"

Após um longo tempo, que não sei precisar em números, minha mente começou a desvendar o que se passava. Eu estava conhecendo os seres donos da Terra, os que trabalharam e manipularam as forças primordiais na construção do Universo e do nosso planeta, por isso encontrei o ancião, o responsável por aquele espaço, que me pediu para revelar sua essência.

Estava ali tentando descobri-la quando vieram estes pensamentos: "Certamente estou em viagem para a origem daquele ser, pois a essência deve ser o propósito de nosso nascimento, onde tudo começou, e se ele é da anterioridade da humanidade, devo estar antes da origem do homem. Mas se fosse isso, estaria com outros animais? Os seres de "Onilê" eram mais antigos que a espécie humana, portanto se estou indo na origem, na busca da essência, devo estar no início da criação. Será isso mesmo? Esta é a única explicação do local ou do não local que me encontro. Não posso enxergar nada, pois nada existe, não posso sentir, pois nada existe, não me contato ou conecto com entidades, pois não existem ou se existem sou um visitante assistindo a um filme. Que loucura e que incrível!"

Ao pensar e me convencer dessa explicação, tinha a impressão de ter certeza de que estava certo, como se meus pensamentos, ao brotarem, tivesse uma confirmação divina, algo difícil de explicar aqui. Juntamente com esta certeza de que eu estava no início dos tempos, passei a ouvir o chiado novamente, e ele aumentava gradualmente. Sem resposta para essa dúvida, comecei a contemplar a descoberta, tentando ignorar o elevado barulho do chiado que continuava a aumentar.

No mais tudo era nada, engraçado dizer isso, mas era exatamente o que eu vivia, o nada no vácuo, no espaço sideral, eu estava no nada, nada existia. Era uma coisa louca e emocionante. Nessa contemplação me emocionei, pois se estivesse certo e aquele fosse realmente o início, só havia uma força: Deus. Eu me apavorei depois do nada, pois poderia ver Tudo, o Todo. Meus pensamentos voavam: "mas como veria ou sentiria Deus, será que era possível?" Senti um misto de perplexidade e medo e um certo orgulho por estar vivenciando um momento como aquele. Tinha passado por uma, aliás, por várias, impressionantes descobertas, por aprendizados intensos, profundos e impagáveis, e agora eu estava no início de tudo, isso era algo que explorava todos os meus pensamentos e minhas mais loucas imaginações.

Com toda essa euforia, percebi que poderia desmoronar meu campo astral e beirar a loucura, assim voltei a me concentrar e comecei a rezar para Deus:

– Deus, meu pai, meu senhor, antes de tudo quero em profunda gratidão, em profunda paz em meu espírito, agradecer a bondade, a misericórdia e a alegria de poder acreditar no Senhor. Agradeço por poder compreendê-lo por meio dos espíritos iluminados da lei de Umbanda, por meio dos Orixás e de toda essa religiosidade abençoada que o Senhor me proporcionou. Estou em uma viagem que não sei como nem onde começou, não sei se morri, se estou em sono profundo, se estou em uma desintegração ou se estou em desdobramento, só sei que esses períodos que tenho vivenciado são e serão inesquecíveis. Aprendi mais nesse tempo do que em toda a minha existência, pelo menos até onde minha memória alcança. Sei que para isso ter acontecido já tinha certos conhecimentos e muita fé, mas o que tenho passado é maravilhoso e profundo, nunca me senti tão próximo da sabedoria e da luz. Não tenho palavras para Lhe agradecer por tantas descobertas, apenas peço que sejam gravadas em minhas memórias espirituais e que nunca as esqueça, pois são únicas. Agora, meu querido Pai, que me encontro no início, ou creio que seja isso, agi de forma petulante, querendo vislumbrar sua face. Perdoa-me pelo quão pueril e quão vaidoso fui ao apenas criar essa hipótese. Quero Lhe dizer que esse momento de sentir o nada e estar, creio eu, perto de sua obra inicial, vem me transformando, por isso sou grato. Não quero que essa gratidão verdadeira seja obscurecida com minha soberba e petulância. Assim, ao me desculpar, quero também pedir: Senhor, como posso tirar o melhor proveito para mim deste momento? Em que posso servi-lo? Se estou aqui para aprender ou para Lhe servir, ou para os dois, queira me desculpar, pois eu ainda não consegui ver como farei isso. Receba assim minhas sinceras gratidões, minhas sinceras desculpas e meus humildes pedidos, porque ainda não compreendi sua vontade. Pai, Deus, Senhor, estou aqui, faça de mim seu instrumento, me ensine, me mostre o caminho, pois quero segui-Lo até acumular perfeição e luz suficientes e encontrar a verdade, para dessa forma regressar ao Senhor. Saravá, meu Pai! Sua bênção.

Tão logo encerrei a oração, sentindo um nó emocionante em minha garganta e tendo uma enorme vontade de chorar, o barulho ficou ensurdecedor, como se estivesse ao meu lado. Uma explosão se seguia, com um clarão e inúmeros barulhos, em uma velocidade como se passassem por mim a milhões por hora. Eram zunidos, chiados, explosões e solavancos.

Imediatamente pensei que era o *big bang*, o momento em que os cientistas acreditam que o Universo foi criado. Segundo esses cientistas, o Universo nasceu após uma grande explosão, e dela a matéria se expandiu em uma velocidade absurda.

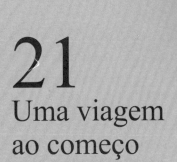

21
Uma viagem ao começo

Uma explosão seguida de corpos em velocidade impensável passando por mim, era a forma como eu podia definir aquela situação. Logo quis aproveitar o momento para tirar o máximo de ensinamentos, então me concentrei e mais uma vez tentei abrir os olhos, me mexer, mas tudo em vão. Apenas conseguia sentir coisas, corpos materiais passando rapidamente ou com muitos barulhos. Resolvi me concentrar nos barulhos, pois era a única sensação possível, já que também não estava vindo nenhuma intuição. Tentei, tentei, mas eram indecifráveis, apenas barulhos, e o chiado havia desaparecido.

Mais uma vez, pedi a Deus para entender como ajudar e como aprender, mas não obtive nenhuma mudança ou luz para compreender o que se passava. Sem ter o que fazer, relaxei e fiquei observando com minha intuição e meus ouvidos. Passaram-se horas, ou dias, não sei precisar, nem sei se existia tempo naquele momento. Busquei durante esse período, além de contemplar tudo, uma linha de raciocínio para me guiar.

"Estou aqui pela recomendação do Preto Velho, que me pediu para buscar a essência, quem ele era. Quem sabe algumas dessas coisas que passam por mim. Vou me concentrar e esperar se encontro a essência", pensava. Com esse foco, apenas me concentrei em oração, reflexão de quem era e qual a essência daquele ser que tanto me inspirou e encantou.

Passados inúmeros barulhos e coisas em minha volta, senti algo diferente, que no meio do turbilhão de barulhos se destacou. Percebi que vinha da minha esquerda, me concentrei atentamente nele e senti que eu tinha que me ligar a aquele barulho, corpo, coisa, ou sei lá o que era. O barulho veio se aproximando cada vez mais, e eu me conectava, conseguia sentir agora não mais o barulho, e sim cheiros de uma energia diferente. Inesperadamente percebi que aquele barulho era o Preto Velho, não conseguia enxergar nem ouvir sua voz, mas tinha certeza que era ele.

Mantive o foco, em oração, e senti que estava muito próximo de mim, então dei um impulso mental para me juntar a ele. Em segundos estava ao lado do Preto Velho, que com um sorriso me olhou e, em silêncio, permitiu que eu contemplasse e analisasse o que se passava. Com o Preto Velho ao meu lado, eu enxergava, ouvia, sentia e estava com mobilidade, daí comecei a observar que ao nosso lado inúmeros espíritos como o Preto Velho estavam em viagem. Alguns eram de outras etnias, mas estes estavam mais distantes e não conseguia observá-los. Todos os que estavam à nossa volta eram Pretos Velhos. Parecia uma chuva de meteoros no espaço, pontos de luz com uma cauda clara caindo dos céus. Percebi que cada um tinha uma luz diferente e um barulho diferente também, eram esses seres que passaram por mim várias vezes, deveriam ser milhões e milhões.

Nesse momento de pura contemplação, fui interrompido pelo Preto Velho, que me falou:

– Você vivenciou esta cena inúmeras vezes, e põe inúmeras vezes nisso, pois só poderia ingressar aqui comigo quando compreendesse o porquê estava ali. Assim, você vivenciou muitas vezes a mesma coisa.

O Preto Velho começou a rir sem com isso me ofender, mas talvez pela minha ingenuidade ou teimosia, não sei. Agradeci muito por tudo e perguntei:

– Observei que o senhor não está usando algumas palavras como usou no nosso primeiro encontro, por quê?

– De todas as perguntas que você poderia me fazer, você me faz esta?

Mais uma vez o Preto Velho sorriu e voltou seu olhar para o horizonte.

– Meu pai, me desculpe, mas sinceramente é a única coisa que posso lhe perguntar, pois não tenho a resposta do seu pedido formulado na Terra. Creio que não aprendi.

– Filho, a viagem aqui acabou? Paciência e sem culpa, pois a culpa e a autopunição o afastam da sabedoria de Deus. Respondendo sua pergunta, estou sem o sotaque, pois estou dentro da sua cabeça, isso que estamos vivenciando não é real, ou pelo menos não está acontecendo agora. É uma revitalização de algo que ocorreu há muito tempo, e isso só posso fazer dentro de você, por isso uso seu vocabulário, e não o meu. E digo mais, quem decide o que responde sou eu, ou seja, se você não me perguntar o que quer, nunca poderá obter resposta alguma.

As palavras do Preto Velho me deixaram perplexo e confuso. Então eu estava dormindo lá na Terra, em cima daquela palha e em sonho, ou era uma hipnose. Eu estava revivendo algo que aconteceu. Isso consegui compreender, em partes, pois achei mesmo que era o início dos tempos. Antes de concluir meu raciocínio, meus pensamentos estavam borbulhando, o Preto Velho mais uma vez rindo me interrompeu:

– Filho, você não está no início do Universo, você seria incapaz de suportar a criação original, a presença de Deus antes da criação. O que você vivenciou foi a origem da minha missão. Você estava na casa do meu Pai. Mas como você ainda não tem mérito, ou ainda não tem iluminação suficiente para compreender, ou ao menos para ver, nós criamos uma atmosfera inócua a você. Por isso não via, não se mexia, não sentia nem se conectava com nada ou ninguém. Sua oração sincera e original, apesar de errar a data e o tempo, foi necessária para podermos repassar o momento que queria que vivesse, e depois você entendeu que deveria buscar o que lhe pedi, e dessa forma se conectou comigo novamente.

Fiquei muito envergonhado e com a certeza que tinha compreendido tudo errado. "Como iria acreditar nas minhas conclusões a partir dali?", me perguntei apavorado.

Mais uma vez lendo meus pensamentos e rindo, o Preto Velho me abordou:

– Lembre-se de que todos somos falíveis, que a perfeição é apenas de Deus, mas, mais do que isso, você apesar de errar não errou na essência, ou seja, esse é o momento de uma criação, não a do Universo como um todo como pensou, mas você presenciou a criação. Primeiro é preciso que você entenda que o Universo não foi criado em um único ato, ele é criado todos os dias, a criação não acabou, Deus continua sua matriz criadora de forma ininterrupta. Por isso, alguns dos cientistas creem que o Universo está em expansão, ou seja, ainda está aumentando de tamanho. Mas além da matéria, Deus cria seres espirituais o tempo todo, ou você acha que todos os espíritos foram criados no mesmo momento e depois Deus não criou mais nada?

O discurso do Preto Velho revelava algo novo e lógico, deixando minha vergonha e meus erros, aliados ao meu orgulho ferido, de lado. Era maravilhoso ter a certeza que Deus continua após tantos bilhões de anos a criar tanto matéria como espíritos. Lindo, absoluto e revelador, por isso nós reproduzimos nos terreiros os momentos da criação por meio dos Orixás, pois eles estão ativos, e assim a materialização e a desmaterialização que acontecem reproduzem esse momento e essa força criadora. Que lindo! A partir de agora, um novo ressignificado tenho que dar às etapas de uma gira e de um trabalho, assim como para entender os Orixás.

Apesar de encantado e com os miolos em efervescência, tinha crença que ainda era preciso entender a essência daquele Preto Velho. Em razão disso, comecei a pensar em tudo, nas frases dele, e falei:

– Meu pai, o senhor falou que eu presenciei um momento de criação, e não o momento, portanto eu estava, como o senhor falou, na casa de seu Pai, ou seja, estamos com Deus? Era o senhor sendo criado e os demais Pretos Velhos?

Com um sorriso iluminado, ele me respondeu amorosamente:

– Meu filho, eu antes de ser Preto Velho existia enquanto espírito, existia enquanto ser, ou eu fui criado assim? Com essa bagagem e conhecimento?

A pergunta e a reflexão propostas pelo Preto Velho eram lógicas, ou seja, se ele estava ao meu lado e estava como Preto Velho, e os demais que vi ao lado também eram Pretos, não poderia ser a criação dele enquanto espírito. Mas então como estava eu no momento da criação?

– A criação não é tarefa de se fazer algo do nada, meu filho, quando damos algo já existente a uma nova forma ou momento, estamos criando. Um artista quando pinta sua obra, vocês dizem que ele criou uma obra, usou sua criatividade. Quando alguém faz algo errado, vocês também falam quem fez aquela criação; a criação é constante e tem diversos significados. Quando você pensou no terreiro e lembrou-se dos trabalhos de magia que se materializam e desmaterializam, você não pensou que ali também está uma atividade de criação?

Com muita sabedoria e paciência, o nobre ancestral continuou:

– Vocês não dizem que ele é meu filho de criação? Vou criar meus filhos? Portanto, não confunda a atividade criadora com a atividade "criadora", pois criar do nada apenas nosso Pai Maior pode fazer, mas ele concede a natureza aos seres. As atividades de transformação nada mais são que atividades de criação secundária. Entendeu?

Assenti com minha cabeça, mas estava imerso em um novo oceano de informações e revelações. Teria que refletir muito sobre aquelas palavras, uma vez que apenas uma frase daquela entidade poderia inundar de conhecimento uma sala inteira. Nunca havia pensado daquela forma. Nesse momento, me lembrei de algumas passagens da Bíblia que dizem que Deus nos fez a sua imagem e semelhança. O significado talvez seja o poder dos seres criados em reproduzir em uma microescala as forças de Deus. Isso me ocorreu na medida em que eu compreendi que a imagem de Deus é a luz, o amor e a paz, e ao me identificar com isso, como os Pretos Velhos e outras entidades de luz, posso compreender as forças divinas e reproduzir suas bênçãos e suas forças, mesmo que de forma mais concentrada, tímida e reduzida.

– Isso mesmo, meu filho, está com raciocínio no lugar certo, mas lhe escapa algumas nuances. Deus criou tudo à sua imagem e semelhança, ou seja, não só o homem, mas toda a matéria e o espírito, toda energia astral e material. Portanto, tudo tem em seu âmago a centelha da criação, por isso que de forma muito mais humilde e acanhada podemos realizar curas e outras magias nos terreiros. Além desse entendimento, não podemos nos esquecer de que, no início, Deus criou e deu aos seres elementais o poder de manipular determinado Reino, aquela energia, aquela força natural. Nos terreiros, ao nos contatarmos com Deus, reproduzimos as forças da criação com os Orixás, nos ligando aos reinos naturais. E ao acionarmos os elementos primordiais da natureza, nos aproximamos da divindade. Dessa forma, podemos cumprir os desígnios do Pai, pois no final e no início sempre é a vontade Dele que permite os acontecimentos.

22
Sabedoria de Preto Velho

Realmente precisaria de dias, ou anos, ou vidas para perguntar tudo que me ocorria naquele momento, mas sabia que a semente principal tinha sido plantada e minha mente se enchia com essa novidade e estava ansiando por compreender melhor, sabendo que isso era possível com o tempo, a prática e muita reflexão.

– Meu filho, o controle de sua ansiedade e a humildade que agora demonstrou garantem a você a certeza de que sua viagem continuará, pois com essa postura irá ainda conseguir avançar em mais reinos e acessar mais conhecimentos. É a porta para ampliar sua sabedoria.

As palavras do pai eram maravilhosas, mas sabia que também era um teste para meu orgulho, pois massageou meu ego, inflou meu ser.

Abri com toda minha força meus instintos para não permitir que o orgulho fizesse morada e entendi aquela frase como um estímulo para continuar naquela trilha. Tinha consciência de que precisaria evoluir muito para compreender a beleza daquela entidade ao meu lado.

– Pai, sou muito grato por tudo, de verdade, não tenho como lhe agradecer nem, muito menos, a Deus, mas não posso evitar esta pergunta: como posso progredir e descobrir sua essência tal qual o senhor me pediu?

Maravilhado ao lado de todos aqueles Pretos Velhos, ainda tentando compreender como aquilo estava acontecendo, consciente de que tudo estava derivando da minha mente, procurava encontrar a resposta para o enigma inicial daquele Preto Velho que não poderia sequer saber o nome ainda. Estava com ele, ou melhor, ele estava na minha mente produzindo aquele momento de criação, me sentia pleno ao seu lado, porém ainda precisava entender melhor todas as informações que derivavam daquele espetáculo.

– Filho, não se deixe consumir pela necessidade de querer encontrar rápido uma resposta, assim sua energia fica consumida por algo que não trará nenhum benefício a você ou a quem quer que seja. Perceba que ao longo de sua experiência, muitas vezes, você se deixou preocupar ou se consumir mais pela necessidade de algo do que com a coisa em si. Quando propus a você a questão, delimitei um tempo? Falei que se você não encontrasse rápido eu o abandonaria ou não o ajudaria?

As palavras do mestre africano eram, como sempre, muito elucidativas. Quanto tempo eu realmente perdi me preocupando com algo e até esquecendo daquele algo? Nessa jornada, inúmeras vezes me preocupei com coisas secundárias, com problemas que em nada adiantaria resolver ou saber, como, por exemplo, como fui parar naquele lugar. Ao invés de me concentrar em aproveitar tudo que estava vivendo, aprendendo, eu deixava minha mente oscilar em problemas que não me traziam nenhum benefício.

– Meu pai, só tenho que lhe agradecer. Este pouco tempo que estou na sua presença, neste pouco tempo de minha jornada aqui nestas terras encantadas, representa mais do que toda a minha existência. Obrigado de todo o coração e de toda a minha alma. Que os Orixás possam sempre cobrir sua vida de bênçãos e axé.

Com um sorriso encantador, o Preto Velho recebeu minha gratidão em forma de prece. Bom, entendida mais uma lição, vou me concentrar no que estava passando ali. O problema me apresentado era a essência, a origem, o que era o Preto Velho.

Imaginei que era a criação do Universo, mas fui corrigido. Entretanto era um momento de criação, e o Preto Velho havia me falado que estava na casa do seu pai. "Se o pai não era diretamente Deus, quem havia criado aqueles Pretos Velhos? E qual seria a missão deles? Creio que se refletir sobre isso enquanto viajo na companhia desses seres, encontrarei mais respostas", ponderei.

23
Em busca da essência

Encontrei o Preto Velho nas profundezas da Terra após ter me deparado com elementais antigos, senti que ele havia presenciado a história da humanidade, percebi sua antiguidade, sabedoria e luz. Ao olhar todos os demais Pretos que ali estavam, tinha a mesma sensação, ou seja, sentia que eram sábios de longa data. Como o Preto Velho estava na terra, e os elementais manipulavam as forças telúricas, imaginei que o Preto Velho havia sido criado na irradiação de Omolu.

– Meu pai, creio que sua origem seja Omolu e que o senhor é o mestre, o coordenador dos elementais da criação da Terra, pois sinto que o senhor acompanhou a evolução do homem em toda sua história. O senhor das almas e da terra é o nosso pai Omolu, nosso pai Obaluaê, portanto imagino que o senhor está saindo em missão com seus irmãos na criação do nosso planeta e coordenará os elementais na criação da Terra.

– Filho, por que pensa que o homem, o ser humano, é tão antigo quanto o planeta? Qual a razão de presumir que um Preto Velho, que é uma alma humana, seja tão antigo quanto os bilhões de anos da criação deste planeta? Ao creditar ao homem o papel de mais importante na criação, não percebe que esse pensamento é fruto de um ranço de orgulho? E as outras formas? E os outros espíritos? Será que o homem é quem controla os elementares? Será que nós seres humanos encarnados ou desencarnados somos os escolhidos de Deus e, por isso, tudo nos serve, tudo segue uma lógica a partir da nossa existência enquanto espécie ou mesmo enquanto espírito"

A profundidade dessas questões precisava de intensas reflexões.

– Pai, o senhor mais uma vez me descortina a verdade de forma avassaladora. Muito obrigado! Mas, com todo respeito, creio que não alcanço essa linha de raciocínio. Não creio que sou capaz de sozinho desvendar a questão proposta, apesar de concordar que é muita presunção minha, e foi absolutamente sem consciência, o que demonstra ainda mais como estou cravado de orgulho e de mentiras construídas. Sinto-me como os medievais quando Copérnico falava que o Sol não girava em torno da Terra, e sim a Terra girava em torno do Sol. A Terra não é o centro do Universo. Imagino que guardadas as devidas proporções, me sinto tão perdido quanto os seres daquela época.

Sorrimos, nos olhamos e olhamos para tudo em volta. Eu meio sem jeito, e ele como que me dando um tempo para a devida reflexão.

– Filho, apesar de seu exagero, seu raciocínio tem fundamento. Vocês estão tão presos à ideia de que Deus escolheu vocês acima de todas as outras criaturas que sequer pensam que os humanos são apenas uma dentre as diversas espécies do seu planeta, e o que dirá das espécies existentes no Universo como um todo e de todas as criaturas espirituais existentes desde o início da criação.

Era muita informação, mas também uma forma clara de enxergar a magnitude de Deus. O raciocínio daquele Preto Velho me mostrava que era verdade, que tudo fazia sentido, que eu não poderia perder a oportunidade de melhor explorar aquele manancial de novos saberes.

– Pai, do modo como o senhor coloca, vejo que não é um problema, em especial até este momento da evolução humana, se sentir um escolhido, pois de certa forma essa equação de se sentir único criado por Deus e à sua semelhança dá uma proximidade com o Pai. Em tese, deveria despertar no homem mais responsabilidade, mas o que observo é que mesmo entendendo ser o escolhido de Deus o homem não faz jus a esse título, não cumpre o amor nem mesmo aos de sua espécie. Se os homens entenderem que são iguais a todas as criações, o homem não irá descambar de vez?

– Filho, se todos tiverem o mesmo raciocínio que você teve no início, crendo que existam outros seres escolhidos, sim, haverá uma situação pior. No entanto, se todos compreenderem que um depende do outro, que Deus fez todos à sua semelhança e que ama todos de igual forma, o orgulho cede lugar para a solidariedade e para a certeza de que o homem deve respeitar toda a criação, assim como os seres de sua espécie. Compreender a magnitude da criação, sua razão de dependência mútua e de como tudo deve se harmonizar, dá a vocês mais responsabilidade e quebra as barreiras de aprendizado entre outras espécies. O homem, por se sentir o senhor da criação, só trouxe à Terra destruição, ódio e competição, mas quando perceber que todos são irmãos, que Deus é Pai de tudo e que todos são os escolhidos no mundo, a Terra entraria numa nova fase de evolução e de cuidado. Devemos plantar essa ideia, pois ela encaminhará a humanidade à necessária iluminação e à verdadeira felicidade.

– Pai, concordo com o senhor e percebo que a todo tempo sou traído por uma forma de pensar que é produto da vaidade humana e de nossa cultura egocêntrica. É um desafio o que o senhor me propõe. Confesso que é maravilhoso, belo, enfim, perfeito. Por favor, me ajude a continuar a trilhar esse caminho.

Mais uma vez o sorriso se fez no lugar das palavras, e o rosto iluminado daquele espírito me mostrava que quem deseja trilhar o caminho da verdade sempre será assistido. Aquela viagem não era feita apenas de ensinamentos ditos e ouvidos, pois os grandes ensinamentos estavam na relação energética, na convivência com os espíritos e com as energias da natureza. Esses são captados pela alma, pela nossa mente, e não apenas pelo raciocínio, sendo difícil traduzi-los em palavras, mas são os maiores ensinamentos da vida para o nosso espírito.

Sentir a iluminação de um ser e se permitir beber de forma humilde cada gota daquele axé valiam mais que as palavras ditas e ensinadas. Pensei em quantas oportunidades perdi ou não valorizei o suficiente nas incorporações da minha vida mediúnica ao não me permitir observar e sentir a luz dos espíritos da Umbanda, quantos ensinamentos perdi por apenas observar as palavras ditas e não as sentidas. "Com certeza de agora em diante, se é que eu ainda estou encarnado, vou aproveitar e me abrir para o saber sem palavras, o saber sem raciocínio". Ao pensar e meditar sobre esses ensinamentos não falados, me ocorreu que era exatamente isso que faltava naquele momento, me deixar levar sem pensar, sem minha mente encontrar a resposta, simplesmente deixar o ensinamento gravar em minha alma.

Quase que instantaneamente senti um fluxo energético dentro de mim e um clarão novamente me cegou e passei a não sentir meu corpo. Aos poucos sentia que estava no nada de novo, pois não sentia absolutamente nada, apenas escutava o chiado. Resolvi aproveitar o momento e parar de pensar, me deixando levar... Os chiados aumentavam, e me vi dentro de uma espécie de bolha, uma bolha de luz viajando a uma grande velocidade. De repente me vi diante de inúmeros seres cuja aparência não era possível enxergar ou descrever.

Estes eram instruídos por um ser que mais parecia pura luz, uma luz que oscilava do branco ao dourado e de volta para o branco. A palestra, se é que posso chamar aquele encontro assim, era proferida sem nenhuma palavra, era como se plantassem em minha mente o saber, e o que se passava era o momento da criação da espécie humana. Eram situações que necessitavam da intervenção de espíritos vindos de outras paragens, pois os milhões de espíritos que ascendiam à condição humana, ou pré-humana, ainda eram muito bestializados. O que aquele ser demonstrava era a necessidade de alguns seres, espíritos, auxiliarem a humanidade a se desenvolver, por isso tinha solicitado a benevolência desses para se aproximarem da Terra. Perguntava a eles se desejariam assumir tamanha empreitada, já que isso era necessário em virtude de que a Terra seria um espaço onde algumas almas ainda presas em vícios egoístas e orgulhosos, de autodestruição e de encanto por poder passariam por um intensivo. Seria uma imersão em vidas carnais na tentativa de salvar aquelas almas.

Dessa forma, haveria um choque, uma espécie se sobressairia das demais, esse seria o seio desses seres ainda presos a sentimentos tão mesquinhos e equivocados. Além desses espíritos viciados, muitos outros ainda não testados no livre-arbítrio ganhariam oportunidade neste planeta, por isso imaginavam-se muitos percalços e muitas quedas por parte desses espíritos. Estes, portanto, necessitariam de acompanhamento de seres que já alcançaram certa vivência em outros globos cuja liberdade de escolha era presente. Também seria necessário que os seres aceitassem encarnar em uma matéria densa para revestirem seus corpos astrais com a mesma matéria dos corpos dos que seriam guiados por eles, sendo assim todos seriam testados por isso. Não haveria a necessidade de aceitarem, apenas os que quisessem deveriam fazê-lo, mas uma vez aceito não poderiam voltar atrás. Explicou que toda a construção perispiritual demandaria um esforço muito grande e por bastante tempo seria irreversível.

Deixou claro que não haveria outra forma, uma vez que seria necessário estar na condição dessa nova espécie para poder ajudá-la. Num primeiro momento, encarnariam juntos na condição humana, mas alguns, de tempo em tempo, precisariam reencarnar para ajudar na evolução coletiva. Isso seria sempre seguido de muito sacrifício e trabalho.

Diversas interrogações surgiram, mas não consegui escutá-las, nem suas respostas. Após algumas perguntas, uma se destacou e eu pude compreendê-la. Se questionou sobre o tempo de decisão, se era possível regressar em outra época, ou seja, se alguns daqueles seres poderiam regressar aos seus mundos e depois aceitar o pedido. A resposta foi negativa, aqueles que aceitassem sairiam dali para o trabalho, e os demais seriam conduzidos as suas terras.

Uma esmagadora maioria aceitou o convite, sendo encaminhada para um espaço em que inúmeros seres ministravam passes e magnetizavam os seres, permitindo uma grande mudança plasmática. O mais interessante era que muitos tinham seus corpos literalmente derretidos, como se suas peles tivessem sendo trocadas por uma nova. Assemelhavam-se a Pretos Velhos, e logo encontrei o senhor que me proporcionou tudo aquilo. Ele veio em minha direção, me pegou no braço e me levou para um outro espaço, onde fomos lançados. Um novo clarão me enviou de novo ao lado dos Pretos Velhos e ao lado daquele ser. Ele me olhou e apenas me fez um sinal de amor e paz. Mais uma vez um clarão se fez, e eu acordei na esteira naquela caverna subterrânea.

24
Despertando novamente

"Quanto tempo havia passado enquanto estava deitado naquela esteira?" Esse foi meu primeiro pensamento, afinal deveriam ter sido dias, muitos foram os acontecimentos, as missões e o aprendizado. Estava em meio a um sentimento de êxtase, de estar nas nuvens, ao mesmo tempo que sabia estar encravado na terra, nas profundezas da Terra, em uma caverna subterrânea.

– O tempo que esteve deitado aqui foi irrisório, não há contagem do tempo quando sonhamos, meu fio – disse o sábio Preto Velho.

Ao ouvir essas palavras com sotaque, a forma como se comunicava, sabia que era aquele Preto Velho ancião. Olhei para os lados à procura dele, mas minha cabeça estava muito pesada, meio confusa e tonta.

– Calma, meu fio, a experiência ainda não acabou, não seja impaciente.

Mais uma vez a voz da sabedoria me pedia para continuar deitado, ainda refletindo e absorvendo tudo o que me aconteceu.

– Pai, na verdade, toda vez que tenho um sonho ou uma experiência como esta, me preocupo se não vou esquecê-la, se não tenho que anotá-la, ou algo assim. Como devo fazer? – perguntei.

– Como nóis fazia no cativeiro se não sabia iscreve, nem que subesse tinha papér e caneta? Como faziam os povos que passavam os ensinamentos por meio da fala?

O retrucar do Preto Velho deixou claro como nossos pensamentos e nossas vidas são pautados pela nossa cultura. Na nossa forma de aprendizado, como é difícil aprendermos a aprender e a entender de uma outra forma.

– A Umbanda, assim como outras filosofias e outras crenças, são aprendidas de jeito diferente da iscola doceis. Se aprende com a cabeça e com o coração e se grava não no papér, mas na alma. Só se aprende fé e a verdade do Pai fazendo um ensinamento, uma vivência, dormir na mente e acordar na alma, e isso não se aprende intelectualmente. O papér é a razão, é a mente trabalhando ainda, o que ocê precisa fazer é deixar ela dormir aí, descansar, não ter pressa nem ansiedade para que o ensinamento possa brotá na alma, e aí, sim, você aprendeu a aprender. É igual uma semente, ocê planta ela dibaixo da terra, não fica cavucando pra vê se ela vai brotar, ocê ispera, ocê acredita que ela está germinando, e então daquilo que seus olhos não veem nasce a vida. O aprendizado nosso na fé é assim, tem que enterrá pra depois despertá.

Aquilo era algo estranho para mim, que sempre aprendi que o cérebro e, na melhor das opções, a mente deveriam estar atentos sempre para aprender, mas em mais de um momento nesta minha maravilhosa jornada tinha a sensação que o ensinamento era tanto que precisaria de horas e dias para refletir e entendê-lo. Meu pensamento se enchia de luz ao tentar absorver mais um conhecimento e uma mudança na minha cultura e na minha forma de viver a Umbanda, a espiritualidade, quando fui interrompido pelo grande velhinho:

– Fio, ocê tá no caminho, mas nóis num pode desperdiçar o que agora aconteceu, se permita, acalma a mente e deixa brotá a mente da sua viagem em sonho que teve nesta isteira. Mas pra ti ajudá quero lembra que os grandes mestres do Oriente tiveram as revelação, os aprendizado e ensinamento novo não ficando o tempo todo lendo, estudando, e sim permitindo a mente repousar pro espírito acordar, o que eles chamam de meditação. A mente calma e pacífica pra verdade poder nascer. Agora ocê faiz isso e deixa acontecê a inspiração e brotar da semente.

Nossa, minha mente fervia com tudo que acontecia, nunca tinha enxergado a meditação como a "mente dormir para o espírito acordar", era muito óbvio e agora tenho que acalmar minha mente. Comecei a me concentrar na respiração e deixei de me preocupar em anotar os detalhes, deixei minha mente descansar. Só pensava na respiração, inspirava e expirava. Vinham pensamentos vários, mas deixava-os de lado e voltava a respirar, a viver a respiração.

Passado algum tempo, senti um impulso e comecei a falar com meu guia ancião:

– Pai, o senhor me revelou muito nestes momentos, cada um foi cercado de lições, foram muitos símbolos, muitos mistérios que ainda vou desvendar com a maturidade e com o tempo, ou seja, quando essa semente despertar na minha alma. Sei que não será tudo e terei que rever e reviver para poder aprender de verdade, mas alguns pontos já começam a fazer sentido mais do que antes. Quando o senhor me levou para aquele lugar, entendi que era a criação do mundo, o senhor me mostrou que os homens são posteriores e, portanto, não teria como ver espíritos humanos no momento da criação. Lembro-me muito bem do livro bíblico Gênesis, em que se fala da criação do mundo em sete dias, sendo que o homem é criado no último, no sexto dia, pois o sétimo foi o dia do descanso. Ao me lembrar disso, mais do que entender que não seria possível ser aquele momento o da criação do Universo, como havia presumido inicialmente, pois nós não existíamos ainda, percebi que a própria tradição hebraica e cristã demonstra que tudo que se criar deve repousar para ser perfeito. O mesmo que o senhor me falou quando acordei, ou seja, o ensinamento de verdade após ser criado e revelado deve repousar para ser absorvido, tal qual o mito hebraico da criação do mundo. Lembrei-me, meu querido pai e mestre, de muitos livros que falam de exilados de outros planetas, de espíritos missionários que vieram à Terra de outras paragens galácticas, para ajudar esses outros espíritos que começavam uma forma humana e que precisariam de ajuda para resgatar e aprender a se iluminar. Isso sempre foi para mim um tanto controverso e difícil de acreditar, mas o senhor não me falou isso, o senhor me permitiu viver, e ao viver e não pensar com a cabeça, pude pensar com minha mente, alma e coração. Assim, ficou claro que a humanidade sozinha jamais conseguiria evoluir, sempre precisou e continua precisando de mestres, de espíritos mais evoluídos, para mostrar os caminhos. Sem esses mestres ascensionais, nós jamais conseguiríamos sair das cavernas da ignorância e da brutalidade, pois não haveria inspiração. De tempos em tempos, Deus e suas forças primordiais se movimentam em nossa direção, brindando-nos com almas encarnadas de uma superior luz para dar saltos em nossa linda caminhada, pois somos teimosos e arrogantes. Por essa razão, o senhor pediu para eu ter calma e refletir, pois novos caminhos e ensinamentos vêm em substituição aos antigos, se eu não aceitar mudar, nunca poderei evoluir, nunca poderei entender aquilo que ainda não sei. Só por isso, meu pai, creio que valeria a minha vinda aqui, creio sinceramente que valeria uma vida.

Após falar ininterruptamente, me calei, meu coração estava batendo igual uma britadeira, estava ofegante querendo passar tudo de uma só vez ao Preto Velho, num misto de querer mostrar o que eu aprendi e de verificar se não estava fugindo ou errando. O querido mestre, no entanto, apenas olhava para mim com certa ternura e em silêncio esperou. Percebi que deveria continuar minha meditação antes de continuar a falar. Voltei a respirar e me acalmar.

Passados mais alguns minutos ou horas, voltei a falar:

– Pai, o senhor é um mestre que esteve encarnado, se assim posso dizer, em outras formas de vida material, espiritual, em outros planetas e em outras eras, portanto o senhor presenciou a criação do ser humano não só enquanto espécie de mamífero, de vida material e física, mas como de espírito. Quando digo o senhor, me refiro a outros milhares de espíritos que ainda hoje, mais de 340 mil anos depois, estão aqui ajudando os terráqueos, que já deveriam ter mudado nestes milhares de anos. Imagino que seja cansativo estarem há tanto tempo despertos e mesmo assim continuarem a labuta diária de amor e devoção a uma espécie diferente da sua. Creio que o que vi foi o surgimento do ser humano, do espírito humano, quando os Pretos Velhos já existiam, certamente não com essa denominação e não exatamente com a aparência que hoje conhecemos nos terreiros. Todos que vi eram negros, de aparência mais madura, mas as vestes, o andar e o falar eram muito diferentes dos que conhecemos, da forma de apresentação dos terreiros. Não havia escravidão, não havia a chibata, a memória do cativeiro e todos os outros sinais que são características dos Pretos Velhos em nossa casa de Umbanda.

Tomado pela emoção do momento, continuei falando:

– Vi os senhores com uma série de paramentos, em instrumentos energéticos que não tenho conhecimento suficiente para explicar. Todos tiveram que adotar uma roupagem muito distinta; enxerguei como se fosse um derretimento de vestes, de corpos anteriores para uma nova forma. Percebo agora que não era apenas o corpo astral, o corpo mais materializado de um espírito, chamado por vezes de perispírito, e sim corpos mais sutis eram moldados. Parece-me que os próprios chacras são distintos em número, em forma, em localização nos antigos corpos, por isso ocorreu essa mudança tão profunda em vocês.

Continuei falando sem pausa, pois na minha cabeça borbulhavam pensamentos e queria expor tudo ao querido pai.

– Imagino que o mesmo procedimento tenha ocorrido em espíritos iluminados vindo à Terra como encarnados, como Jesus, tendo que vestir corpos que não possuía em virtude de sua evolução espiritual. Vejo com isso que desde o primeiro momento da minha espécie, Deus e os Orixás contaram com seres que nos amavam, nos concediam uma força pela compaixão a ponto de aceitar a sair de suas casas, de seus mundos, de espíritos de sua convivência para auxiliarem os desígnios de Deus para com nosso planeta. Abriram todos os senhores mão até daquilo que poderia identificá-los, ou seja, sua forma de ser, como, por exemplo, se eu amanhã abrisse mão de ser um humano e passasse a ser outra coisa. Ninguém dos meus me reconheceria, aliás, nem estariam mais em meu convívio por um tempo indeterminado. Esse sacrifício que agora se descortina em minha frente me emociona e só tenho que lhe agradecer e, em seu nome, meu pai, agradecer a todos os seres que aceitaram a divina missão de auxiliar o homem a se estabelecer na Terra e que ainda tanto fazem para essas crianças imaturas, birrentas que somos nós. Muito, mas muito obrigado mesmo.

Parei de falar em meio às lágrimas e em meio a um reconhecimento de um resgatado diante de um salvador, juntei minhas mãos em sinal de oração em direção àquele senhor e fiquei em oração silenciosa, enxugando minhas lágrimas por tão abençoada criatura sem a qual não teríamos conhecido Deus.

Após alguns momentos de intensa emoção, continuei minha prelação:

– Tudo que o senhor me mostrou me fez pensar como somos egocêntricos, como acreditamos que tudo gira em torno do ser humano e de nosso planeta, nos esquecemos de todas as vidas, aqui e fora daqui, o que demonstra ainda mais a perfeição do Criador, a beleza e as bênçãos dos Orixás e como tudo isso está interligado. Espíritos de outros planetas vieram para cá para nos auxiliarem, mostrando que realmente estamos integrados. Percebo como o amor que cremos possuir, mesmo aqueles que se dizem mais cheios de compaixão, é de certa forma "especicista", ou seja, ama o semelhante. Amamos os animais, temos sociedades de proteção e defesa dos animais, mas ainda assim cremos que somos os escolhidos, por isso essa demonstração me dá a real dimensão, enquanto espécie, de como Deus é perfeito e de como temos que expandir nosso amor e nos desprendermos de apegos e paixões da Terra para nosso crescimento. Ainda, meu querido mestre, percebo que nós somos cheios de conceitos preconcebidos e que isso nos atrapalha a acompanhar o novo, que muitas vezes esteve presente, o novo que é muito mais velho e que não enxergamos porque não queremos sair da zona de conforto. Como isso nos atrapalha a aprender e a evoluir.

Eu tinha tanto para falar, então continuei:

– O senhor também me revelou a quantidade de trabalhos e o dispêndio de energia que Deus e os mestres maiores têm e tiveram para que nós pudéssemos existir, para que este planeta fosse um local de evolução para uma gama de espíritos. Ao perceber essas coisas, mudei minha visão sobre o relacionamento entre os espíritos humanizados ou humanos com as forças elementares, os seres elementais. O senhor pode ser mais novo que eles, pois estes estiveram antes de todos os seres na criação, estiveram nos momentos anteriores ao homem e a outros seres de livre-arbítrio como os povos que o senhor e os demais vieram. Os seres que me deparei aqui neste salão contribuíram para a criação do planeta Terra, são mais antigos e, portanto, os espíritos de luz não "mandam" neles. Nós não fomos superiores ou mandatários, somos parceiros, em escalas evolutivas distintas e em formas de evoluir distintas. Funciona como uma simbiose, em que todos os envolvidos saem ganhando, por isso todos agem de forma autônoma, mas sob o comando de Deus e dos Orixás. Os seres da terra que aqui presenciei e que me deram a dádiva de conhecer suas obras não estão sob sua guarda ou sua ordem, vocês estão aqui juntos em missões determinadas pelo

Pai, e cada um sabe o que tem que fazer. Sou realmente muito grato por tudo, meu pai.

Encerrava, pelo menos achava que tinha encerrado, um resumo do que aprendi naquela maravilhosa esteira. O querido ancião olhou com olhar mais interrogativo para mim como querendo me mostrar algo a mais, ou me instigar, e falou:

– Que bom que ocê compreendeu, se eu tivesse respondido procê sua pergunta sobre eu ou sobre o resto diantava alguma coisa? A vida é assim, a Umbanda é assim, ensina com a alma, e não com a mente da Terra. O preconceito existe pela vaidade e pelo orgulho, e isso é que faz o homem na Terra demorar tanto para crescer. Se nóis consegue minar o orgulho dos homem, nóis vai dar passão ao invés de passin. Quando ocê me compara com os Pretos Velhos nos terreiros eu fico feliz, lisonjeado até, mas nós não podemos faze o trabaiadô que eles fazem, nós estamos agora por trás, os verdadeiros heróis são esses seres que conseguiram neste pouco tempo se iluminar a ponto de fazê um trabaiadô tão formoso como o que eles fazem.

A lição de amor e humildade continuava:

– A figura dos Pretos Velhos dos terreiros se baseia na nossa missão e na origem de nóis, essa que ocê viu, nós somos os pais anteriores e primitivos docêis. Aqueles que estiveram despertos antes, e todos aqueles que querem fazer os votos que nóis fez, vão incorporando a figura desses Pretos Velho. Intendeu isso, meu fio?

Aquele mestre me mostrava a natureza ancestral dos Pretos Velhos e ainda comprovava a virtude da humildade nos grandes espíritos. Era algo realmente encantador. Falei ao grande espírito que sim e que mais uma vez era grato pelo ensinamento.

– Por fim, meu querido minino, quero lhe dize que discubra a ancestralidade dos elementais, se relacione com eles sempre, cultue eles, agradeça a eles e somente faça a vontade de Deus expressa nos seus movimentos que ocêis chamam de Orixás. Nunca contamine as forças da natureza com a vontade do homem, nunca acione a natureza para que elas ajudem ocêis a fazer suas coisas, seus caprichos e seu imediatismo. Dê a Deus a chave da verdade e aceite o que Ele quer, pois assim ocê sempre será um igual na natureza, e não um senhor. Lembre-se de que os senhores eram os que escravizaram, então seja apenas mais um entre eles e poderá conviver com eles, sendo igual, e não senhor tal qual ocê viu no meu convívio. Isso transformará a Umbanda e a forma como ocêis conseguirão ajudar o próximo e nunca mais vão fazer mal pra natureza, que é a casa doceis e de tantos outros seres que igual a ocêis são filhos do grande Criador. Não se esqueça, faça a saudação a todos esses seres sempre por onde tiver, em suas rezas e em suas pregações. A Umbanda e a vida na Terra só são possíveis com a valorosa interação e ajuda dos seres elementais.

No jorrar daquele manancial de luz, o ancestral continuava:

– Agora, meu fio, ocê pode se alevantá e caminhá para o banco de barro lá no meio para finalização que temo que fazê.

– Meu pai, mas tenho tantas perguntas que quero lhe fazer, nem sei seu nome ainda, quero lhe agradecer, enfim, gostaria muito de poder ficar mais um tempo aqui com o senhor.

– Tudo tem a medida exata que Deus manda, agora é preciso que ocê continue, além do mais eu tenho muito que faze, ocê nu acha?

O falar de forma terna me fez perceber que realmente já tinha abusado do tempo e da dedicação de uma alma tão abençoada. Levantei-me e, antes de me dirigir para o salão, me curvei e ajoelhei aos pés do Preto Velho. Bati minha cabeça no chão, beijei seus pés, pois não queria beijar suas mãos por, sinceramente, me achar muito grato e não digno de tal saudação.

O Preto me ergueu e me deu um beijo no meio da cabeça, bem onde se localiza o chacra coronário, me benzeu e me abençoou. Não tenho como descrever a energia e a sensação do momento, só posso dizer que foi como estar na presença de Deus e dos Orixás em pessoa, aliás estar na presença de uma energia pura e gigante.

Sentei-me ao centro com os olhos inundados de gratidão, me sentindo acolhido e abençoado. O Preto Velho me disse:

– Aqui agora ocê entenderá que as almas são a união de todos aqueles espíritos que já habitaram a Terra, suas memórias, seus sacrifícios, sua jornada de aprendizado, esse é o poder de Omolu e Abaluaê.

Como em um funil, centenas de milhares de espíritos passavam por mim, eu em silêncio contemplando, recebendo um axé que não cabe aqui. Percebendo que somos herdeiros de todos aqueles que já existiram na Terra, de todas as vidas que nasceram e morreram, de todos os espíritos que se iluminaram ou se perderam, que hoje nós, espíritos, somos o acúmulo desse saber e dessa energia multimilenar, que muitos se sacrificaram por diversas vidas para que estivéssemos hoje conhecendo Deus e a espiritualidade, que combateram as forças malignas que prendem o ser humano na ignorância e na raiva. Percebi que somos os herdeiros e que temos a missão de honrar esses sacrifícios, de trabalhar para que almas sejam despertadas, pois muitos de nossos pais e mães abriram mão de tudo para nos ajudar a encontrar a luz e a face de Deus.

Foi algo lindo, cheio de revelação, mas também compreendi o tamanho de nossa responsabilidade, percebi a face de Omolu, de Obaluaê, que era e é a existência própria dos espíritos e das vidas sucessivas, a magia da ancestralidade como um todo.

– Atotô, meu pai! Atotô, meu Senhor!

Silenciei minha alma em homenagem ao grande Orixá, e em gratidão só me sobrou uma frase na minha mente, a do caboclo Mirim incorporado em seu cavalo, pai Benjamin Figueiredo: "Umbanda é coisa séria para gente séria".

Somos herdeiros dos mestres ascensionais e herdeiros do próprio Cristo, portanto não podemos nos furtar do trabalho da caridade e da compaixão.

Saravá!

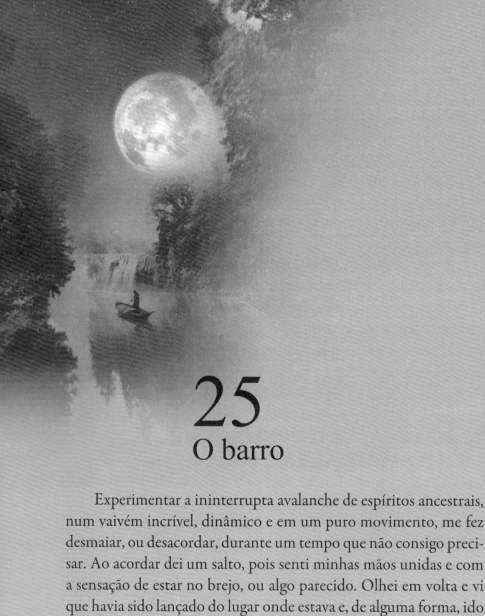

25
O barro

 Experimentar a ininterrupta avalanche de espíritos ancestrais, num vaivém incrível, dinâmico e em um puro movimento, me fez desmaiar, ou desacordar, durante um tempo que não consigo precisar. Ao acordar dei um salto, pois senti minhas mãos unidas e com a sensação de estar no brejo, ou algo parecido. Olhei em volta e vi que havia sido lançado do lugar onde estava e, de alguma forma, ido parar em um pântano. Muita vegetação aquática, muito lodo, ou barro. O cheiro era forte e demonstrava ser ali um berço, pois sentia o mesmo cheiro de mangues, de estuários marinhos. Sentia cheiro de matéria orgânica em decomposição, mas não era um cheiro de algo podre, e sim um cheiro de vida.

Tentei me levantar para ficar em pé e me senti muito fraco, tonto e, antes que qualquer temor me invadisse a alma, olhei para os lados à procura do portentoso e abençoado índio que me acompanhava na jornada. Em vão, a impressão é que mais uma vez estava ali sozinho, sem ninguém por perto.

Procurei me acalmar e usar minha mente para descobrir o que fazer e onde estava. Respirei fundo várias vezes e, por diversos minutos, busquei elevar meu pensamento a Deus e aos Orixás. Tudo indicava que a região era da nossa mãe Nanã Buruquê. O barro, o mangue, o lodo, a origem da vida. Tudo me indicava a presença da grande avó, a primeira ancestral da ancestralidade, aquela que originou os próprios Orixás, a força divina que se multiplicou em movimentos dando origem ao Universo.

Mais calmo, comecei a procurar um espaço em que pudesse me sentar, um lugar mais alto, mais seco, mas não conseguia me mexer. Sentei então no meu lugar, sentindo a umidade e o barro. Comecei a cantar em voz baixa, pois me faltava forças para entoar em voz mais alta:

– Aos pés de Nanã eu vou rezar,
e agradecer a caridade que me faz (bis)
Senhora tão sábia vem me proteger,
Bordou seu vestido com a cor do amanhecer
Nos lagos cristalinos onde o Sol brilha
Nanã é quem comanda
Essa força que nos guia.

Sentia a profundeza de cada palavra, gesticulava de forma lenta e pacífica. O Sol se apresentava em uma manhã de outono, meio lento, meio alaranjado, meio preguiçoso. As águas emitiam várias cores ao receberem os raios solares, como se a lâmina de água fosse se transformando em um grande arco-íris, a cena era de rara beleza, de inspirar pinturas. Nada se movia, não havia vento ou sequer brisa, como se tudo fosse uma fotografia.

Era um presente, algo a ficar em contemplação e me deixar encantar. No horizonte, duas colunas de pedras com árvores penduradas e com raízes abraçadas na rocha faziam as vezes de um portal para o pequeno arroio que trazia as águas, ou levava as águas daquele pântano. Vegetações aquáticas com gramíneas ao lado que insistiam em invadir o brejo.

Ainda apreciando e tentando descobrir além dos olhos a beleza do local, vi surgir em cada planta um conjunto de caramujos, todos grandes e bem carnudos. Lentamente eles ocupavam parte da vegetação, e em movimentos bastante lentos, mas sincronizados, foi-se abrindo um leito de água – agiam como se quisessem demonstrar o caminho. Apesar de estar um pouco incomodado com a presença dos caramujos, que de certa forma me inspiravam nojo, sabia que estavam ali a serviço da Grande Senhora. Em razão disso, relaxei e continuei observando o caminho de águas sendo construído por esses moluscos, me pondo a cantar novamente:

– O Nanã Buruquê, seus filhos lhe pedem

seus filhos lhe imploram,

vem descer no terreiro e

levar todo mal com sua marola (bis)

Saravá, Naná auê, Saravá, Nanã auá,

Saravá, Nanã, na beira do rio e nas ondas do mar (bis).

Quando ia começar a cantar pela terceira ou quarta vez essa canção, pequenas marolas foram se formando e vieram em minha direção, em movimentos que pareciam ser feitos por um animal ou algo embaixo da água. A velocidade aumentava à medida que as marolas se aproximavam de mim. Tentei me levantar, me mexer, ou sair dali, mas estava mais preso do que nunca. Respirei fundo, várias vezes, como me preparando para ficar encoberto pelas águas, então fechei meus olhos, mas nada aconteceu. Não senti nem o movimento da água. Pensei que a marola havia passado sem conseguir senti-la.

Após um tempo, ousei abrir meus olhos e dei de cara com uma serpente cuja cabeça era maior que todo meu corpo, maior que a copa da mangueira. Tomei um baita susto, e um calafrio me percorreu a espinha. Ao mesmo tempo, algo se mexeu embaixo de mim, como se alguém estivesse cavando para me encontrar. Nesse momento, o medo se tornou duplo: a cobra em minha frente e o inesperado vindo debaixo.

Sentia como se tentáculos ou rabos encostassem na minha coxa e em meus pés, sendo de repente deslocado. A cobra, em um movimento muito rápido, deu a volta e saiu pelo mesmo caminho que havia vindo e que tinha sido feito pelos caramujos. Entretanto, ao sair em velocidade, foi como se criasse um empuxo, e fui arrastado com a água, permanecendo sentado, mas em movimento, seguindo aquele ser enorme, aquela serpente. Quase que tomado pelo pavor, tentei me recobrir de fé, relembrando todos os encantos e ensinamentos que até ali havia vivido. Senti-me uma criança por ainda não conseguir fixar os ensinamentos.

Rezei, cantei, observei e me abri energeticamente, pedindo orientação a Deus, a Nanã e aos espíritos benevolentes de Aruanda. Senti como se estivesse sendo acompanhado de todos os lados, era uma energia sóbria, mas profundamente alegre, pareciam senhoras, senhoras velhas. Logo percebi que eram Pretas Velhas, matronas, gordas e rechonchudas, que começaram a ficar visíveis ao meu lado, todas vindo na mesma direção, me ladeando e com olhares voltados para mim.

Algumas muito sérias outras nem tanto, apenas uma senhora mais nova não parava de sorrir, como se me visse e me achasse engraçado. Tentei me comunicar, pedindo informações, mas antes de abrir minha boca, recebi mentalmente uma ordem para não falar e apenas observar o ambiente e me deixar contagiar pelas energias das anciãs, Senhoras de Nanã, senhoras do culto perdido da avó dos Orixás.

Obedeci ao mandamento, pois se tratava de uma ordem justa e que me trazia paz. Olhava para todos os lados, para a impressionante vegetação do pântano. Havia uma delicadeza de flores minúsculas de múltiplas cores que ornamentavam o local, mas surpreendentemente não via animais outros que não os caramujos. Não via ou sentia peixes, crustáceos, aves, répteis, a não ser aquela gigante cobra em minha frente.

Durante o percurso, surgiam rochas que se erguiam ao horizonte, e cada vez que nos aproximávamos percebia que eram na verdade montanhas e que as árvores que as abraçavam eram descomunais, gigantes, nunca havia visto uma árvore tão alta e com raízes tão grandes. Imediatamente senti que deveria cerrar meus olhos, esvaziar minha mente, pois estava em êxtase por tantas informações e começava a me desviar do principal, que era sentir as energias e o local com meus olhos espirituais.

Assim, calei minha mente ao cerrar meus olhos, deixando meu corpo astral ser invadido por uma energia literalmente palpável, como um vento grosso que me encostava, me pegava. Sentia cheiro de flores, sem conseguir especificar a espécie, mas sabia que eram flores. Meu rosto parecia que cintilava, formigava, ao receber os raios solares, então lenta e profundamente passei a me sentir em paz. Uma paz que nunca havia sentido antes, uma paz do nada, do vazio.

26
A paz de Nanã

    Minha cabeça não pensava mais em nada, meu coração não tinha mais temor ou outra sensação, não havia ansiedade, não havia nada. Um descanso impossível de se descrever. Não sentia mais o movimento, a umidade, e os cheiros sumiram; nada, nem os raios solares me alcançavam, ou se o faziam eram imperceptíveis.

    Depois de um longo tempo, abri os olhos e não vi nada, não estava escuro nem claro, simplesmente não havia nada. Apesar de parecer uma coisa de doido ou de gente maluca, era exatamente isso que eu vivenciava, o nada. Posso dizer que a única informação que mais se assemelhava àquela experiência era a do gozar do vazio, de não forma, de impermanência descrita pelos budistas.

Fiquei ali sem me preocupar e logo me deu uma forte vontade de fechar os olhos de novo. E assim fiz. Ao abri-los depois de um tempo, estava eu de novo no pântano, ao lado de senhoras negras que agora estavam mais sorridentes e, confesso, simpáticas. Olhei para a frente e não vi mais as montanhas, então percebi que tínhamos avançado. Logo à frente surgiu um grande lago, e a cobra gigante parou e se voltou para nós, na verdade para mim. Olhou-me nos olhos em busca de alguma coisa e sinalizou para as margens da entrada do lago. Bem na beirada dessa barra, em meio a um mangue, saíram duas senhoras negras, vestidas de branco com echarpes nas cores roxa e violeta. Em suas mãos tinham trouxas que pareciam bebês enrolados. Elas olhavam para a grande cobra e faziam sinais para eu olhar para cima, quando olhei, percebi que do topo da cabeça da cobra saía uma senhora inteira vestida de roxo, com o rosto coberto por algumas coisas que não saberia descrever, pareciam joias, mas eram vivas e brilhantes e se mexiam sozinhas.

Ao apreciar aquela linda negra, aparentando uns 60 anos, escutei dentro de mim uma voz, que sabia ser daquela senhora:

– Seja bem-vindo, vejo que conseguiu gozar da essência da nossa Mãe. Ela experimentou o nada, pois do nada foi feita para que tudo existisse, ela é a passividade de Deus, a força feminina criadora para gerar os movimentos da criação e assim criar todos os Orixás e a atual vida do Universo. Por isso, encontrar Nanã significa encontrar o nada, o espaço sem existência. Esse foi o local onde esteve ao passar pelos umbrais de nosso reino.

Continuava a iluminada senhora:

– Por essa razão que vocês, ao saudarem Nanã Buruquê, saúdam a força do renascimento, a força e a proteção que dá refúgio, pois ao se refugiar no colo de Nanã, só sobrevive aquele que pode entender a criação divina, que está sujeito à criação de Deus.

Olhava admirado e passivo para aquele trio que com a cobra formava um portal de luz e de esperança. Ao piscar não consegui mais ver a cobra e a negra que em cima dela estava, via apenas as duas senhoras nas margens. Olhei para trás e vi que as Pretas Velhas que me acompanhavam estavam submergindo, com olhares esperançosos e de muita paz. Fiquei ali à espera dos próximos passos, e mais uma vez me senti compelido a meditar, a rezar em silêncio e a me encontrar muito dentro de mim.

Após esses instantes, fui parar no meio do lago, exatamente no meio, e percebi que o lago era um círculo perfeito. Minha visão começou a mudar como se pudesse ver em 360°. De todos os lados começaram a sair senhoras vestidas de branco e roxo segurando trouxas em suas mãos. E saíam uma atrás da outra e iam em todas as direções até sumirem do alcance visual, e logo eram milhares, milhares e milhares. Uma música se escutava ao fundo, algo como um grande tambor, bem grave, simulando um coração, batidas ritmadas e constantes.

Rezei me deixando levar intuitivamente, então percebi que ali se criava a natureza, ali se oferecia o surgimento de mundos, de coisas novas, o eterno recomeço proporcionado por Nanã. Em agradecimento, resolvi fazer uma oferenda para Nanã: eu decidi me oferecer a ela.

– Senhora tão bela, minha abençoada mãe, me dê refúgio em seu seio, eu me entrego à senhora, de corpo, mente e alma, pedindo que me aceite como uma oferenda viva, creio na senhora.

Mergulhado no meu eu, senti como um braço a me pegar e me acalentar. Senti o carinho de uma anciã a me cuidar, me embalando como em uma canção de ninar. Assim adormeci.

Em um ambiente muito claro acordei, me sentindo no paraíso – é a descrição mais aproximada do que sentia ali naquele lugar. Não sei se a luminosidade era forte, se não havia nada no lugar, apenas sei que não conseguia ver nada, apenas sentir, por isso preferi ficar de olhos fechados e ajoelhado no chão. Rezei, cantei e me concentrei, bebendo aquele ar sublime, quando uma voz doce e feminina me chamou:

– Querido filho, o recebo em meu seio, em meu ventre, aceito sua entrega. Minha casa recebe seus corpos e lhes dá abrigo. Eu agradeço sua disponibilidade de me entregar tudo que é seu. Aqui poderei lhe dar uma missão, uma tarefa que ao regressar ao mundo dos espíritos e dos encarnados, seja desta vez ou de outras, que você saiba me ofertar, saiba me cultuar.

A voz, que para mim era Nanã, continuava:

– Sou aquela que cria para outros governarem, fico quieta, escondida quase, dando aos meus filhos e filhas a aparição em primeiro plano. Por essa razão o sincretismo com Sant'Ana é tão importante, pois como ela originei aqueles que originariam, eu criei aquilo que criaria, por isso sou pacata e, muitas vezes, esquecida. Isso não me incomoda, mas é preciso a revelação da minha face para que os homens e as mulheres possam se aproximar de Deus, pois quanto mais se revela, mais se sente as forças criadoras do Universo, mais vocês poderão ingressar em saberes ocultos e ainda obscuros para a mente humana.

A lição continuava:

– É necessário que as forças criadoras de minhas energias sejam acionadas na Terra, meu poder de recomeçar, de criar, de surgir do nada, ou como argila, que ao pegar é disforme, suja, sem serventia, mas nas mãos de um criador, de um artista, pode ser o prato que você come, a vasilha que se lava, o vaso a ornamentar sua casa, o berço que receberá seu filho, o alguidar que será a entrega aos seus Orixás. De mim se faz o Universo, de mim se fazem os animais e a Terra, se faz a matéria, para que o sopro de Olorum pudesse viver, para que o sopro Dele fizesse vocês viverem. São sopros de Deus na matéria, vocês são a fagulha divina a habitar no meu barro. Aprendam que se um dia fui barro, posso a ele regressar. Se um dia era matéria que tudo poderia virar, hoje também posso fazer isso. Não há materialização, curas ou manipulações materiais em qualquer terreiro, em qualquer espaço da Terra, sem que meus elementais sejam acionados, sem que minhas criações sejam provocadas. Somente o barro primordial de Nanã garante a criação do novo. Vocês podem se renovar todos os dias. Podem materializar todos os dias, para que haja a cura de enfermos, a proteção de famílias, de templos e tudo o mais com meu barro.

Numa aula em meio ao paraíso, Nanã mantinha-se na voz da experiência e da sabedoria:

– Dessa forma, beba de minha energia, brinque com minha argila, com meu barro; aceito-o como oferenda e agora o devolvo com a missão de dar continuidade aos meus saberes e à minha força. Não se esqueça do que viu, ouviu ou sentiu. Transforme-se em sacerdote, em profeta de minha verdade, que é a verdade do nosso Criador. Sou sua anterioridade, por isso sou antes de tudo, o nada. E tudo nada mais é do que parte de mim. Vá com as forças da criação, que o feminino criador possa o conduzir sempre.

Ao finalizar essas palavras, fui arremessado de novo ao lago e me vi novamente no meio. As lindas negras continuavam a surgir e a andar para fora em todas as direções. Em seguida, uma senhora muito velha me pegou nos braços e me conduziu até uma das imagens. Era como se eu fosse as trouxas de cada negra, enrolado em pano da costa alvo. Em simbolismo, vi que renascia, e no colo de linda senhora, fui sendo conduzido Terra adentro, passando por lugares desconhecidos, até que me encontrei em uma linda porta, toda lilás, onde fui depositado, entregue.

A velha senhora fez alguns cânticos, me soprou um conjunto de ervas em brasa e me beijou a testa dizendo:

– Não se esqueça, contamos com você. Saluba, Nanã Buruquê! Saluba, Nanã.

A velha senhora foi se afastando, e eu comecei a crescer de novo, me desenrolando daquele plano, me espreguiçando.

27
Renascido

Voltando às minhas faculdades normais, conseguindo sentir pés, mãos, enfim, o corpo todo, procurei entender onde estava, mas só havia aquela porta. Decidi abri-la, mas aparentemente estava trancada. Bati, para ver se alguém atendia, repetindo esse gesto algumas vezes. Coloquei meus ouvidos na porta à procura de um som ou de alguma palavra e escutei passos ao fundo, passos firmes e fortes, de alguém determinado.

Afastei-me um pouco da porta, e ao vê-la se abrindo me deparei com um homem grande, negro, com uma cabeça pontiaguda, como se o topo de sua cabeça estivesse espremido, era careca, sem nenhum cabelo ou pelo no corpo. Estava vestindo uma calça vermelha e um cinto de pano, como os cordões de capoeirista, bem preto. Ele me olhava nos olhos, e eu imediatamente me abaixei, ajoelhando e olhando para o chão, para saudá-lo:

– Saravá, meu Senhor! Laroiê, Exu! Ao Senhor, meus respeitos profundos, Mojubá!

Ouvi uma gargalhada e um sinal em minha mente para olhar para ele. Ao erguer minha cabeça, apenas vi a porta entreaberta. Levantei e fui em direção à porta. Antes de me aproximar, senti que algo estava atrás de mim, me virei, mas não vi nada. Apenas escutava mais gargalhadas e sentia um vento em minha volta, como se aquele Exu estivesse em todos os lugares; as risadas e a respiração estavam em todas as direções. Novamente o saudei, pedindo sua bênção e proteção. Perguntei o que ele queria, o que poderia me dizer, me ensinar. Apesar de somente conseguir senti-lo, escutei uma resposta, que em um momento vinha da direita, outro da esquerda, da frente, de trás, debaixo e do alto.

– Iniciou a jornada pedindo licença, saudando Exu, entrou na cachoeira e pediu, na montanha pediu, mas foi me esquecendo. E foi indo aos reinos sem me saudar, sem pedir minha proteção. Como você pode se dizer umbandista, sacerdote, médium, descendente dos cultos africanos, se não reconhece a importância de Exu? Ah! Ah! Ah!

Sem dúvida, as minhas últimas viagens foram acontecendo e eu me esquecendo de saudar e pedir a bênção de Exu. Ele tinha razão, como eu teria esquecido lição tão básica?

– Desculpe-me, meu pai, foi realmente um ato falho e equivocado, sei que seu alerta neste oportuno momento me fez repensar e aprender. Obrigado de toda a minha alma. Há algo que possa fazer para recuperar o erro? Algo que possa dar para apagar meus equívocos?

Após uns momentos de silêncio, senti muito frio, como se o calor do local fosse cada vez mais inexistente. O ar não enchia meus pulmões, respirava, mas não tinha oxigênio, minhas pernas fraquejaram. Caí e gritei:

– Salve, meu pai! Sua bênção, seu perdão, Malêime, Laroiê, Exu!

Logo ele se apresentou na minha frente dizendo:

– Você acha que estou aqui para cobrar alguma coisa, que estou bravo ou zangado com sua petulância e seu esquecimento? Você ainda crê que eu vá lhe fazer mal?

Antes de responder que não, o Exu continuou:

– Não adianta me dizer que não se você ainda é traído por seus pensamentos, depois de tudo ainda dá ouvidos ao preconceito centenário, dá ouvidos às crendices e aos enganos prolatados por homens e mulheres que não me compreendem, não me servem e não conseguem me acessar. A Umbanda não seria nada sem Exu, não haveria nenhuma comunicação sem Exu. Os Orixás não atuariam na Terra e em vocês sem nós. Não entendeu isso? E se entendeu, como ainda pode crer que sou vingativo, temperamental? Estou aqui para lhe mostrar, aprenda com seu erro, pois por sorte não foi ludibriado, por sorte não, porque nós, mesmo sem você nos pedir, estávamos à sua volta. Saudar Exu, saudar as Pombagiras dos reinos, entregar a nós primeiro, pedir licença, se curvar, compreender e nos contatar antes é a garantia de um contato livre com a divindade, é uma forma de afastar os impostores, os falsos profetas e garantir uma comunicação mais clara e mais limpa. Ao saudar os Exus e as Pombagiras, se traz a proteção do local, impedindo que forças obscuras embaracem sua vista e seus ouvidos. Sem Exu, como saber se a verdade estava sendo dita ou se era apenas um eco?

A lição dura, mas profundamente verdadeira, continuava:

– Aprenda, meu filho, que Exu não quer agrado, não quer pompa, Exu existe para vocês existirem, para que vocês não sejam enganados a todo tempo por forças do submundo astral. Não seja infantil em me cultuar, pois já passou da hora de compreender o que é Exu, não acha?

As palavras afiadas, sábias e diretas eram como martelos a pregar em minha mente pregos de vergonha e de sabedoria. Vergonha pela obviedade e de como ainda me pegava com medo de Exu, e sábias por me revelarem ainda mais a natureza desses seres abnegados e caridosos.

– Meu pai, sou grato por sua revelação e peço sua ajuda para que eu possa internalizar tão sábia lição. Peço sua bênção e que me conduza por esta porta, para seguir meu caminho. Aliás, peço ao senhor que me oriente se este é o caminho que devo seguir. Meu pai, já que está comigo, peço que se eu tiver a honra e o mérito de poder gozar de sua companhia, que o senhor me faça de seu aprendiz.

Exu soltou uma gostosa gargalhada e afirmou:

– Tudo ao seu tempo, eterno aprendiz. Tudo ao sabor do senhor tempo. Por ora, o aviso e o alerta. Agora, adentre por esta porta com minha licença e minhas bênçãos. Vá com Deus.

E como num vento forte, o Exu se despediu, e eu me dirigi à porta.

28
A porta da vida

A porta na minha frente estava encostada ou fechada, então mais uma vez saudei Exu, pedindo sua licença, e abri a porta. Fui sugado imediatamente por um "grande aspirador", era essa a sensação, sem conseguir enxergar nada. Senti que estava envolto em líquidos, aparentemente de água salobra, viscosa. Não enxergava nada nem ouvia, simplesmente fui sendo levado por esse fluxo, que me fazia bem, me fazia sentir vivo, vitalizado, alimentado. Olhei em minha volta à procura de algo, mas era impossível enxergar. Fechei meus olhos para me contatar com a essência da experiência, rezando e pedindo bênçãos a Deus.

Aos poucos fui acalmando minha mente e entoando pontos que me surgiam, como um que fala da Umbanda e dos umbandistas, de como somos feitos de fé, amor e caridade, de como a Umbanda dá suporte aos seus fiéis e a seus sacerdotes.

– Umbanda é força, meu Pai, a Umbanda é luz,

Filho de Umbanda não cai, se apoia na cruz. (x2)

A Umbanda é fé, amor é caridade

A Umbanda é força,

A Umbanda é verdade (x2).

Aquilo foi preenchendo minha mente e fui ficando confiante e me entregando mais e mais. Começaram a surgir em minha frente, no meu campo mental, imagens ou pequenos filmes de minhas mães. Das mulheres que me pariram, que me educaram, das mulheres que me nutriram com seu amor e com seu leite. Foram mulheres diversas. Várias imagens apareceram, e todas eu tinha a certeza que se tratavam de senhoras que em uma reencarnação ou outra me deram a honra de ser gerado e alimentado, de ser criado e educado por seu amor e por sua vocação.

Muitas eram mães naturais, não pensavam na maternidade, simplesmente agiam em nome desse instinto e me conduziram na Terra. Outras se demoravam em busca de serem boas matriarcas, e outras nem me desejavam, lamentavam minha vinda na Terra, algumas até interromperam minha busca reencarnatória, mas todas me oportunizaram muitos aprendizados e a minha vinda na Terra como encarnado. Independentemente de serem boas ou não, como minhas mães, nutria por todas um enorme carinho, um amor e uma gratidão sem tamanho.

Aproveitei e rezei pedindo para Deus e para os Orixás abençoarem aqueles espíritos, estivessem onde estivessem, que pudessem receber meu amor e minha gratidão. Pedi em especial que mãe Iemanjá jorrasse nelas muito amor e muita força, que fossem por ela abençoadas e ungidas.

Deparei-me com imagens, na sequência, apenas das mães que me abortaram e das mães que antes de me verem me abandonaram, me jogaram. Revivi alguns desses momentos sentindo o ódio, a raiva, a revolta delas e, especialmente, minha incompreensão. Vivi as dores de algumas que, sem condições, me deram para que não morresse de fome ou ficasse doente. Foi uma experiência amarga, difícil de não me conter em lágrimas, mas fui buscando não me deixar tomar por sentimentos que não fossem de perdão e amor.

Uma situação me chamou a atenção: uma senhora ininterruptamente me abortava, como se fossem dezenas de vezes. No início sentia que era uma mesma situação sendo passada várias vezes, mas logo percebi que não, foram dezenas de abortos, dezenas de vezes em que esta mulher me tirou a oportunidade de regressar à Terra. Todos com profundas dores, choros, arrependimentos, e outros com muita raiva e ódio destinado a mim, sem mesmo me conhecer.

Depois disso fui arremessado para um quarto onde uma mulher estava deitada ao lado de um senhor bem mais velho, havia uma discussão, e a moça saiu em disparada gritando e chorando. Com ela fui arrastado, sem entender qual seria o ponto de observação ali, mas algo nela me era familiar e, ao mesmo tempo, tinha certo nojo e raiva dela. Quando me aproximava mais, sentia sua pulsação aumentar e sentimentos estranhos tomarem conta dela. Ânsias, desmaios, dores, enjoos e outras coisas a faziam repelir minha presença, e eu tinha sensações semelhantes, querendo me afastar, mas não conseguia. Comecei a rezar e a cantar, crendo que tinha caído em uma armadilha, pois podia ser uma obsessora, que me prendia, que me fazia mal.

Chamei por Exu, pedindo sua proteção e guarda. Logo me apareceu o Exu que havia me dado a lição diante da porta lilás. Aos risos e balançando a cabeça em sinal de negação, se aproximou:

– Não entendeu ainda o que está se passando? Se deixou ir pelo sentimento puro e simples. Veja quantas vezes falamos para buscar sentir como um todo, usando a inteligência, o espírito, a mente e a energia. Depois de conectado com uma energia, fica mais difícil desacoplar vocês. Você foi se permitindo sentir, se entregando a sentidos equivocados e de julgamentos, de dor e tristeza, agora sente no corpo o resultado. A mente fica no meio de nuvens tóxicas impossibilitando o ser de pensar por si próprio, só pensando besteiras e aprofundando ainda mais a ligação deletéria.

Imediatamente entendi aquela lição como um sinal positivo, pois eu havia me sentido triste ao ver minhas mães em abortos e abandonos, em especial aquela senhora que dezenas de vezes me machucou. Com os sentidos alterados, fui dragado por uma pessoa que me quer mal ou que é minha obsessora.

Lendo meus pensamentos, o Exu falou:

– É isso que estou falando. Quando os sentimentos penetram no ser, inebriam a mente. Você não está sendo dragado por uma obsessora propriamente, você está é revivendo aquilo que você deixou lá trás, uma senhora que múltiplas vezes impediu que sua gravidez chegasse a termo, e agora está aqui, vivendo de novo a gestação com a mesma mulher.

Olhei para a senhora, que estava vomitando, e percebi que era a mesma que havia visto me mutilando a vida. Desesperado, roguei para que eu não assistisse ao meu homicídio fetal, pois não sei se lidaria bem com essa rejeição e tinha medo de aprofundar ainda mais meu ódio por aquela mulher vil. Ao dizer isso, percebi quanto de ódio restava em mim de uma pessoa que eu nem me lembrava direito e de imediato a julgava e a desejava mal. O Exu gargalhou e ficou ao meu lado, como a me dar suporte, dando apenas um alerta:

– Lembre-se de tudo que você puder, seja paciente, e com muito amor analise a situação e se deixe compreender sem julgar, sem condenar. Estarei aqui com você, com a graça dos Orixás.

A sentença me confortava por saber contar com o apoio, pois de fato a situação me fugia ao controle, pois diferentemente de tudo que tinha vivenciado, aquele momento era um anticlímax, pois sempre vivenciei na jornada o amor, gozei da companhia dos

Orixás, de espíritos iluminados, de aprendizados intensos e agora estava ali como de castigo. Um certo medo de sofrer e de não compreender me passou na mente.

Continuei acompanhando a senhora, que se dirigiu a uma igreja. Chegando lá, foi recebida por um homem alto e branco, que a convidou para entrar. Sua presença me causava ainda mais terror, não sentia nele nada a não ser ojeriza. Percebi que ele tentava conquistar a moça para deleites carnais. Senti-me ainda mais enojado, mas quando tentei sair dali, percebi que a moça, até então com aparência para mim sombria, estava perdida, desamparada. Passei a falar em seus ouvidos para sair dali, que aquilo não a ajudaria, e sim a confundiria. Rezei para que ela me ouvisse, e o Exu ao meu lado explicou:

– Isso já ocorreu, você está vivenciando e não poderá interferir, mas sua tentativa mostra que ainda é possível que você aprenda a lição.

Ou seja, estava eu fadado a ver o que não queria. A pobre moça foi ludibriada, e o encantador em forma de sacerdote a abusou. Um salto no tempo e me vi ao lado da moça, já com certa barriga, se dirigindo para a mesma igreja. Ao chegar lá, o sacerdote a convidou para entrar e, em conversa reservada, gritou com a moça dizendo que não poderia levar a cabo a gravidez, dando a ela um conjunto de chás, ou pós, que deveria tomar. Como se me avistasse, o sacerdote olhava nos meus olhos e sentenciava:

– O que você carrega não é filho de Deus, por isso essas dores, sinto que ele é filho do demônio. Se você parir, saiba que estará trazendo até aqui o satanás. Quer ser conhecida como a "Maria de anticristo?"

A moça, aos prantos, pedia perdão, e o sacerdote afirmava que ela o seduziu, que o fez perder a cabeça e agora pagava o preço do pecado, pois ele era um santo, e ela uma pecadora. Por essa razão, deveria imediatamente resolver o problema e nunca mais voltar ali. A moça saiu correndo aos prantos com os chás e pós. Fiquei ali por mais alguns segundos e percebi que ele sentia minha presença e me avisou:

– Você não regressará a esta Terra, estarei de olho em você, nunca habitará um novo corpo.

Nesse momento, fui puxado e me vi do lado da pobre criatura, que agora não me inspirava nada além de piedade, sendo logo transformado em compaixão. De imediato pensei que o algoz não era ela, e sim o sacerdote. "Mas e as demais vezes?", pensei. Dali fui dragado para múltiplas existências com essa menina, moça, senhora, que estava sempre perdida, desamparada e sendo ludibriada.

Logo me vi um sacerdote de culto primitivo, sei que era eu, que aquele corpo um dia foi meu. Deparei-me com atitudes muito semelhantes à do sacerdote que conduziu o aborto da menina, com a diferença de que me apoderava dos abortos por magia. Compreendi assim como seria difícil habitar uma carne após tamanha afronta à vida.

Chorei e pedi perdão, perdão àquela menina, àquele sacerdote, tentando buscar em mim o perdão. Senti que de muitas formas havia superado aquele estágio existencial, havia eu evoluído muito nesses milhares de anos. O pesar aos poucos foi sendo substituído por alívio, por amor, perdão e por compreender o valor da vida, do amor, de como fui defrontado com inimigos, adversários, numa magia divina a transformar inimigos em amigos. Em seguida, me vi com uma menina e um menino no colo, era eu uma mãe de gêmeos, e ao olhar nos olhos deles, vi que se tratavam da moça e do sacerdote. Apesar da repulsa, o instinto maternal me fez amá-los, como se nada nem nunca tivessem me atingido. Abracei os dois com devoção e entrega, estávamos à beira-mar, num lindo pôr do Sol. Via-me sentado na areia em gratidão pela vida. Ao lado estava um pote, eram as cinzas do meu marido, pai daqueles pequenos seres, e ainda assim estava agradecido, pois Deus me havia dado dois e levado um.

A cena me emocionou, pois o amor era real e verdadeiro. Aco-plei-me naquele momento e naquela senhora, e então não mais assisti, era eu a segurar as crianças e a beijá-las. Lágrimas percorreram minha face, fiquei olhando atento as ondas, agradecendo a Deus e à Grande Mãe pelo ensinamento.

Fechei os olhos e quando abri não estava mais com as crianças nem era mais aquela mulher. Voltei a ser eu. Estava na beira-mar sentado na areia, e do meu lado o amigo Exu, que não perdeu tempo:

– Então, era vítima? Ou apenas eram oportunidades do Criador para você e todos os demais aprenderem a amar? Pode julgar ele agora? Pode julgar quem quer que seja? Julgará uma mulher a abortar? Julgará um homem a abandonar seus filhos?

Seguia o Exu enquanto me derramava em prantos.

– O amor maternal é um amor que extrapola limites, por isso é tão sagrado, é o exercício divino do amor incondicional, que oportuniza o resgate de muitos inimigos. Cumpre os dizeres ancestrais repetidos por Jesus ao falar a todos que deveriam amar a todos, em especial aos seus inimigos. Essa tarefa só é possível se nos conectarmos com a fonte do amor maternal que exala diretamente de Deus, nossa mãe Iemanjá, por isso você viu suas mães, viu inclusive aquelas que falharam, pois todas foram tocadas por mãe Iemanjá. Agora você está aqui em frente aos mares celestiais, onde as grandes sacerdotisas da maternidade e do amor de Deus trabalham. Está diante de um reino puro de Iemanjá. O que quer fazer?

De imediato me levantei, bati minha cabeça na areia, abri um pequeno buraco e ali cravei as mãos e pedi:

– Saravá, minha mãe Iemanjá, Odoiá! Peço sua bênção, mas antes rogo a Deus que os Exus e as Pombagiras protetores e mensageiros deste paraíso me concedam a permanência, assim como que meus pensamentos e minha energia sejam dignas de estarem aqui. Suplico a bênção e a proteção dos Exus e das Pombagiras. Laroiê, Exu! Exu é Mojubá! Meus mais profundos respeitos e minha gratidão aos senhores.

Bati a cabeça e olhei para o Exu para confirmar, e ele acenou com a cabeça. Logo comecei a entoar cânticos de minha abençoada mãe:

– Iemanjá é a rainha do mar

Iemanjá é a rainha do mar

Salve, o povo de Aruanda, salve, meu pai Oxalá

Salve, Oxóssi, salve, os guias

Salve, Ogum Beira-Mar

Iemanjá é a rainha do mar

Iemanjá é a rainha do mar

Vai ter festa na Aruanda, vai ter festa no Canzuá

Vai ter gira a noite inteira e muitas flores no mar.

Iemanjá é a rainha do mar

Iemanjá é a rainha do mar.

Firmei meus pensamentos para que eu pudesse arranjar flores, e o Exu me entregou lindas palmas brancas, para entregar em uma onda, que ao chegar perto ficou parada em minha frente. Beijei as flores e cantei:

– Eu vou jogar, vou jogar flores no mar

Eu vou jogar

Uma promessa eu fiz

Para a Deusa do mar

O meu pedido atendeu

Eu prometi vou pagar.

Abriu-se um pequeno espaço na onda, onde depositei as flores. Na verdade depositei minha vida, meu amor e minha gratidão. A onda recuou e levou consigo as flores. Olhei em volta e para o Exu, que me disse:

– Sim, pode fazer.

Então gritei:

– Iemanjá, salve, minha rainha!

Entreguei-me às ondas. Como se fossem muitas mãos, as ondas me carregaram, e assim fui lentamente imergindo no reino da minha mãe sereia.

29
Na onda de Iemanjá

    As ondas me afastaram da costa, e as mãos de minha Senhora em forma de ondas e marés me levaram ao alto-mar. Fui agraciado, abençoado, sentindo o amor universal a me invadir os poros; senti a imensidão dos mares. Logo percebi que do mar celeste que me encontrava, estava agora nos mares da Terra, sentindo a presença da vida marinha, de peixes, de crustáceos, mamíferos, algas, da vida microscópica.

    O mar não é água salgada, é um mundo de vida, um espaço em que tudo vive, como se a menor porção fosse realmente água, pois ali vivem muitos seres vivos, animais, vegetais e outras formas. Realmente o mar é o berço da vida.

Fui levado lentamente a diversas praias, onde muitas pessoas faziam entregas de flores, frutas e outros presentes a Iemanjá. Vi comunidades fazendo procissões aquáticas, embarcadas ou não, tanto para a representação de Maria mãe de Jesus quanto de imagens africanas, indígenas e deusas. Havia barcos enfeitados de flores e fitas para Nossa Senhora dos Navegantes e Nossa Senhora das Candeias. Outros povos derramavam pós coloridos no mar para saudarem deusas que habitariam o mar. Da mesma forma, homens e mulheres entregavam o pó de seus parentes nas ondas dos oceanos.

Eram muitas visões, muitos povos e raças a saudarem e pedirem bênçãos aos mares. Percebi que muitos não a tratavam como Iemanjá, mas ela, a grande Mãe dos Orixás, estava lá sempre, não se importando com o nome que era chamada, nem com o rito praticado, e sim com a fé daqueles que buscavam sua proteção. Lá estava ela, representada por seus trabalhadores, seus elementais, recebendo suas oferendas e homenagens.

Percebi que nenhum era recusado, havia pedidos individuais e alguns coletivos não tão nobres, claramente egoístas, ou promotores de alguma maldade. Mesmo assim ela recebeu todos, com o mesmo carinho e amor. Aquela cena, apesar de linda e maravilhosa, me deixou em dúvida, pois como a grande Mãe poderia aceitar oferendas para fazer os outros sofrerem? Lembrando-me das lições que me deram até ali, tentei me abstrair de julgar e comecei a rezar a Deus e a Iemanjá, para que eu pudesse compreender aquela lição e viver como Iemanjá, amando de forma tão pura e bela todos os seres.

Fechei os olhos e senti que estava sendo levantado pelas ondas do mar, estava em uma baía, uma enseada bem calma, e dentro de uma canoa feita de um tronco escavado. Olhei para trás e vi uma linda cabocla, indígena, que exalava perfumes de flores que me lembravam lavanda e jasmins. Ao vê-la me virei em sua direção, me curvei pedindo sua bênção e agradecendo sua presença. Ela me saudou:

– Salve, viajante. Seja bem-vindo as estas terras sagradas da Mãe do Mar, da mãe da vida! Seja bem-vindo a Iemanjá. Sou a cabocla Uritama, saravá!

Era uma mulher alta, de mais de 2 metros de altura, com ombros muito largos que lembravam uma nadadora, seu corpo era inteiro ornamentado de tintas e enfeitado com corais, conchas e palhas ou algas. Bem em sua fronte, pouco acima das sobrancelhas e no meio delas havia uma pintura de uma flor, em forma triangular, que irradiava uma luz muito clara que variava entre o azul-celeste e o branco das nuvens.

A cabocla pediu que eu olhasse para frente, escutasse suas palavras e treinasse minhas percepções.

– Vocês, espíritos da Terra, gozam de livre-arbítrio, gozam de liberdade para pensarem, cultuarem, manifestarem seus desejos, são seres que a todo o momento escolhem suas ações, seus pensamentos; mesmo quando deixam de escolher, mesmo quando são levados pelo fluxo dos demais, isso é uma escolha. Aqui nós não medimos o caráter, a evolução de um espírito, o quanto de luz e de qualquer virtude ele carrega. Não faz parte de nossas atribuições, aqui apenas os consideramos irmãos, filhos, mães e pais. Consideramos vocês como parentes de nossa tribo, por isso todos serão bem-vindos.

Exalando um sentimento de amor universal, a voz continuava a me iluminar:

– Não perguntamos a vocês qual a intenção de estarem diante de nós, não questionamos os motivos, mas os felicitamos por estarem conosco, os saudamos, abraçamos e abençoamos. As energias da grande Iemanjá são ininterruptas e infinitas, de dia e de noite ela jorra suas bênçãos aos povos, aos seres e continua a ser o berço da vida de seu planeta. Você sentiu as vidas das profundezas, das fossas marinhas, até a exuberante alegria da superfície dos oceanos, sabe por quê? Você não foi carregado pelo mar, você se tornou o mar, por isso sentiu toda a vida, desde uma grande baleia até os incríveis plânctons. Você, assim como nós, foi receber as ofertas à Iemanjá, às deusas, nossas senhoras, aos ancestrais e à calunga, mas quando se deu conta disso se distanciou de nós e foi ver quais eram os pedidos, ligou então em você o botão do julgamento, por isso teve que ser transportado até aqui. Agora estamos na baía sagrada para, em calmaria, você entender que Iemanjá não julga o que recebe, não julga quem irá ter com ela o contato, seja nas águas do mar, seja em terra firme, quando vocês a invocam pedindo bênçãos. Ela estará lá a abençoá-los e amá-los. Se ela julgasse, se nós trabalhadores e trabalhadoras de mãe Iemanjá fôssemos julgar os pedidos, as motivações ou mesmo o caráter de vocês, não estaríamos perdendo uma oportunidade de ingressar em seus corpos e abençoá-los? Já pensou que, independentemente do pedido, da razão ou da motivação aqueles irmãos vieram até Deus na irradiação de Iemanjá? Com isso abriram suas portas interiores para um trabalho sagrado, em que nós podemos tocar sua alma com a aceitação daquele irmão.

As palavras de sabedoria não paravam:

– Muitos desses irmãos só aceitam ser tocados por sua visão obscurecida, pela vaidade e pelo orgulho quando vão solicitar algo que seja para seu benefício material imediato. Nós recebemos o que ele ou ela tiverem para nos dar, e em troca de imediato iremos trabalhar em seus corpos e, com isso, amansar seus ímpetos, iluminar seus olhos. Não confunda receber uma oferenda com atendê-la, não confunda aceitar um pedido com executá-lo. A execução e a realização só ocorrem com a vontade do Grande Pai, de Olorum, a ele depositamos o pedido, a ele solicitamos o axé, se ele que tudo sabe nos disser para fazer, faremos, com todas as nossas forças, sem julgamento, pois não sabemos todos os planos de Deus. Enquanto isso cumprimos nossa missão de abençoar todos os seres da Terra. Quando alguém lhe entrega um presente, você olha o presente e fala que não gosta? Ou você valoriza o carinho e a atenção dispensada?

Continuava as forças a me abençoar enquanto me deixava ir pela sabedoria do amor, em prantos de alegria:

– Nós somos incansáveis trabalhadoras do amor universal, por isso não paramos de aceitá-los como são, pois somos a mesma família.

Enquanto a cabocla proferia sua breve palestra, nossa canoa percorria diversos espaços marítimos, e agora via não com os olhos da carne, e sim com os olhos dela, era como se eu pudesse ver com os olhos dela. Via os seres elementais em multidões a envolver todos que se dirigiam ao litoral, via o mesmo ocorrendo em terra firme, a quilômetros de distância quando os seres pediam as bênçãos de Iemanjá.

Caboclos, Pretos Velhos, Baianos, Marinheiros, Boiadeiros, Exus e Pombagiras ficavam no meio das multidões de elementais a manipular os pedidos conforme as ordens que desciam das nuvens carregadas por pombos ou outras aves. Muitos eram os caboclos e pretos velhos que estavam ali não pelo pedido, e sim para benzerem e abençoarem todos, bastava estar ali, bastava pedir a Iemanjá, e logo os povos estavam a rodear e a abençoar.

Era algo puro e intenso, múltiplo e simples, uma demonstração de como Deus nos ama e nos quer bem. Não via mais os seres a pedirem como espíritos, como homens ou mulheres, pois sob os olhos daquela cabocla todos eram luzes, todos brilhavam e estavam ali para brilharem juntamente com as forças de Iemanjá, e então como se fossem estrelas do firmamento, milhares, milhões de luzes se faziam envolta daquela luz que era a de um ser que pedia a bênção de Mãe Iemanjá.

Nunca mais irei aos mares do mesmo jeito, nunca mais pedirei a Iemanjá da mesma forma, aquilo visto e vivenciado me fazia perceber como somos ainda presos a uma lógica de merecimento, de meritocracia espiritual e nos esquecemos que Deus é uma grande mãe, que ama sempre. Nós receberemos ou não conforme uma série de fatores, e não apenas de um suposto merecer.

Ali percebi que a questão fugia da lógica tradicional cristã, pois era o amor puro, tal qual Jesus exerceu, pois Ele nos disse para amar nosso inimigo como se amigo ele fosse. Ele não pediu para que condicionássemos nosso amor a qualquer merecimento ou a qualquer barganha, apenas pediu: amem indistintamente e sempre. Se Ele nos pediu, se a ordem divina de todas as religiões é o amor e a compaixão, por que Deus seria diferente? Por que ele amaria apenas aqueles que merecem?

Como é bom amar sem julgar! Como foi fascinante viver aquela experiência nos olhos da cabocla Uritama!

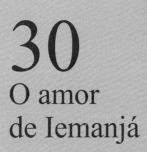

30
O amor de Iemanjá

Ao final de nossa conversa e vivenciando sob seu olhar as entregas e o povo a encontrar com Iemanjá, agradeci firmemente e pedi para que eu pudesse sentir daquela forma com meus olhos, que ela me ensinasse e me mostrasse como amar daquela forma. Logo que terminei meu pedido, me encontrava em uma praia com pedras na areia, um mar de águas bem calmas, que formavam uma piscina na minha frente graças àquelas rochas. Em cima das rochas percebi que haviam seres sentados, me olhando e me esperando. Entrei nas águas em direção a eles, mas no meio daquela lagoa salobra senti que deveria parar e mergulhar minha cabeça. Uma sensação de paz indescritível tomou conta de mim. Fiquei ali o tempo que minha respiração aguentava e vi na minha frente a cabocla Uritama.

– Aqui você entregou o que me pediu, aqui você iniciou um processo que dependerá de seu esforço e dedicação, em que você poderá gozar do amor da grande mãe. Aqui você recebeu o dom do amor de Iemanjá para seu sacerdócio, pois mesmo ainda não gozando do amor universal na sua função mediúnica, você poderá acessar essa roca e jorrar as bênçãos de Iemanjá por meio de sua mediunidade.

Era um fluxo de energia que ia da minha cabeça aos meus pés e de meus pés à minha cabeça, de forma violenta e intensa, era maravilhoso. Agradeci pela bênção e, ao me virar, percebi que estava em alto-mar de novo, mas dessa vez sozinho em uma espécie de jangada ou de chapa.

O Sol estava bem alto, o calor era intenso e havia pouco vento. Senti que meu corpo se desidratava com rapidez, então rezei para entender qual a lição ali. Logo o vento se fez presente com mais força e algumas nuvens começaram a preencher o céu. Senti um alívio momentâneo, pois em seguida os ventos se intensificaram e a calmaria do mar deu lugar às ondas, ondas cada vez mais fortes e menos ritmadas, que me davam enjoo, e a chuva começou a cair. De imediato abri a boca para saciar minha sede. De repente, uma tempestade se armou, e a pequena jangada passou a ser atirada de um lado para outro. Segurei-me e, apesar de ser meio lógico temer, firmei em minha fé, apenas crendo que se minha mãe Iemanjá quisesse me levar ao fundo, nada poderia fazer. Apenas rezei e entoei cânticos, agradecendo pela vida, saudando as forças de Iansã e de Iemanjá, que juntas formam uma das forças mais poderosas da Terra.

A tempestade se intensificou, e a jangada era lançada a distância cada vez maior. Após um tempo que não sei precisar, a tempestade cessou, e a calmaria regressou. Mais uma vez, agradeci e cantei. Estava ali, talvez perdido, mas estranhamente feliz e alegre. Queria apenas cantar e me envolver com o véu de Iemanjá. Não tinha medo, apenas fé, uma fé loucamente inabalável e cheia de esperança, uma fé poderosa.

31
Povos
das águas

Ao encostar nas águas de Iemanjá com as mãos, a saudando e agradecendo por aquele momento tão único, em minha volta surgiram inúmeros barcos, jangadas, canoas e chalanas, todos conduzidos por homens e mulheres, brancos, índios e negros. Estavam todos ali comigo. Um pequeno barco conduzido por um senhor que me era familiar se aproximou. Com um grande sorriso, ele me deu um alô:

– Salve! Como está um cavalo na figura de um capitão?

Essa pergunta fez eu perceber que se tratava de um marinheiro, um espírito que eu costumava trabalhar em giras na Terra antes daquela jornada.

– Salve, meu pai, sua bênção! Que Iemanjá nos brinde com sua alegria e sua força. Que prazer vê-lo, encontrá-lo. Obrigado!

Ao dizer isso, bati minha cabeça no chão da jangada e, ao me levantar, estava com ele em seu barco. O marinheiro então me disse:

– A seca, o calor, o frio, a calmaria, a tempestade, as ondas, tudo no mar é intenso, tudo mesmo. O que você vivenciou somos nós, que respeitamos a natureza, sem a pretensão de dominá-la, algo impossível, por isso temos fé, confiamos na vontade de Iemanjá. Do contrário ficaríamos loucos. A fé que você experimentou é a fé dos marinheiros, que levamos aos terreiros. É aqui no mar que trazemos as cargas dos terreiros, dos consulentes e dos médiuns. Veja que para alguns é melhor a força do Sol e da água do mar, para outros a tempestade e a força das ondas, mas todas as energias deletérias serão aqui neutralizadas, esta é a nossa viagem e o nosso trabalho. E só se faz isso com fé, pois não podemos temer as energias, apenas temos que cumprir nossa missão. Creio que você compreenda, não é, cavalo marinho?

Demos gargalhadas da brincadeira, e ele me convidou a navegar. Ficamos assim por dias, sem trocarmos uma palavra, ele apenas me pediu para contemplar o nada do alto-mar, a mesma paisagem, água e céu, me dando a certeza da imensidão da criação e de como somos apegados às posses e falsas seguranças. Ali eu era pequeno, mas me senti parte, me senti completo com o mar, uma sensação muito estranha por perceber quão minúsculo sou e como posso me ligar a algo tão gigante e fazer parte desse gigante. Creio que estava compreendendo a magia dos marinheiros: fé, humildade, submissão a Deus e à Iemanjá.

Logo que a noite se fez, chegamos a um atracadouro, onde desembarcarmos. O marinheiro me disse:

– Você assistirá a um encontro que acontece com bastante frequência, mas que é velado, apenas convidados podem estar e apenas entidades da lei de Umbanda se fazem presentes. Hoje você foi agraciado com as bênçãos de Iemanjá, que me pediu para levá-lo nesse encontro, porém você não poderá falar nada ou intervir, sair do lugar, nem pensar muito, pois aqui falar e pensar são a mesma coisa.

Aquieta sua mente e observe, aprenda o que verá e sinta com sua alma e seu coração a união dos povos na presença da doce Iemanjá.

Caminhamos por uma areia bem fina, que parecia brilhar na luz de uma lua cheia, e mais à frente havia uma fogueira cercada por troncos de árvores desvitalizadas que formavam um círculo, tendo o fogo como centro, e lá estava a cabocla Uritama e o Exu que eu conheci lá atrás. Sentamo-nos, e eu quis cumprimentar as entidades ali, mas o marinheiro me alertou para não fazer nada e apenas escutar. Obedecendo, me aquietei e me acomodei.

Aos poucos iam chegando entidades de Umbanda, espíritos abnegados e todos nitidamente portadores de uma luz e uma força interior que alegravam e abençoavam o ambiente. Logo eram dezenas de exus e pombagiras, marinheiros, caboclos e caboclas, baianos, boiadeiros, ciganos e ciganas e diversos pretos e pretas velhas. Eram centenas de espíritos, e outros trabalhadores de outras religiões se aproximaram, eram espíritos de homens e mulheres, alguns vestidos de roupas clericais, outros de roupas comuns, alguns de túnicas e batas alvas. Estava louco para perguntar, mas me contive.

Estavam naquele momento em silêncio, mesmo quando estavam chegando os espíritos continuavam em silêncio, se cumprimentavam a distância e logo se sentavam e ficavam ali em meditação, se preparando para o que seria aquele encontro. Em instantes estavam todos os locais ocupados, com todos em absoluto silêncio. Era nítido que estavam se preparando e orando.

Aproveitei para ver com minha alma, então conseguia enxergar as energias saindo de seus corpos e outras chegando em suas mentes, todas energias puras e intensas, e um arco-íris se formava. As energias e as entidades estavam conectadas por aquele fluxo. Foi algo como uma pintura.

De início cada um exalava e recebia. Cada qual com uma energia de cor diferente, que não se cruzava, não se unia às outras energias, mas depois de um tempo naquele silêncio, as energias foram se aproximando, e um trocando energia com o outro. De repente todas as energias que saíam e chegavam estavam conectadas em cima da fogueira, e quando isso ocorreu uma voz se fez no ambiente, uma voz feminina, mas que eu não conseguia identificar de quem era.

– Sejam bem-vindos, que as forças de Deus estejam atuando em nós hoje e sempre. Saravá, meus caros irmãos! Que o axé do planeta Terra em comunhão com todo o cosmos esteja aqui nos permitindo esta reunião. Como podem observar, hoje temos visitas de irmãos da seara da fé de diversas crenças, pois sob a ordem da mãe Iemanjá, estamos no momento aguardado por todos, de nossa união e fortalecimento. Portanto aos visitantes nosso respeito, carinho e nossa gratidão pelo trabalho de amor e abnegação que fazem na Terra. O assunto que trataremos hoje é a nossa intervenção em templos, igrejas, terreiros e choupanas para a ampliação dos trabalhos de pacificação. Um trabalho que está sendo paralelo ao de nosso pai Omolu, que tem realizado esforços grandes para algumas almas reencarnarem na Terra. As religiões, em geral, e a Umbanda, em particular, precisam se adequar a esse esforço divino. Em razão disso, temos que abrir algumas revelações e buscar a integração dos cavalos e terreiros, para que compreendam a necessidade de energias pacíficas e caridosas, misericordiosas na Terra.

A voz prosseguia:

– Além disso, se faz necessário um maior aprofundamento dos fundamentos, fortalecendo os terreiros e as igrejas para que os nossos irmãos que estão lutando contra esse processo de transição não obstruam ou atrapalhem o desenrolar desses tempos. Para tanto precisaremos, nós que juntos trabalhamos sob ordens diretas de nossa mãe Iemanjá, ajustarmos alguns passos. Quero convidá-los a juntos estarmos com a energia direta da grande mãe, que nos brinda com seu axé.

Nesse momento todos foram transportados para outro lugar, menos eu e alguns outros espíritos, que ficamos em oração e meditação. Ao regressarem, todos estavam exuberantes e iluminados, e o desenrolar da conversa desse ponto em diante não me foi permitido saber. Fui afastado dali por um índio muito calmo, que em minha mão tocou, me transmitindo uma paz absoluta.

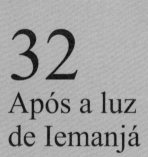

32
Após a luz de Iemanjá

O grande índio do mar, como ele se denominava, me falou que o objetivo da minha visita tinha terminado, que era compreender a união dos povos de Umbanda, a sinergia e o respeito mútuo, tanto entre eles como entre os espíritos cuidadores de outras religiões. Que eu percebesse que mesmo eles estando em patamar evolutivo diferente precisaram se conectar, se acalmar e se preparar, pois do contrário a reunião seria infrutífera. Antes de começarem, eles se alinharam, se conectaram, que essa era a função do início do ritual, por isso a gira tinha um ritual inicial, para que as mentes difusas se acalmassem e se conectassem, para então os trabalhos de caridade se iniciarem. E que eu nunca me deixasse perder crendo que o rito não era essencial ou importante, pois se para caboclos e pretos velhos era importante, o que dirá para os encarnados.

De fato a experiência me mostrou não só a importância do rito, da união das mentes em um terreiro por meio do ritual, mas como devemos nos preparar antes das giras, das reuniões, pois ao chegarmos estamos sempre com energias distorcidas e dispersas graças ao trabalho como encarnados. Devemos chegar ao terreiro e não ficar em conversas diversas, que na maioria das vezes não têm propósito elevado e nos distraem, nos conectando apenas quando entramos para a gira. Aquela cena de espíritos tão elevados se preparando para uma reunião me fez imaginar como eles se preparavam para os trabalhos de caridade, para as giras. Guardei a lição para que eu copie esse amor e esse respeito, esse comprometimento em estar pronto para ajudar, ouvir e se conectar.

Afastamo-nos ainda mais do local. O índio me dizia que não havia competição entre as religiões do lado deles, dos trabalhadores de Deus por seus diversos caminhos, que todos trabalham em sintonia com ordens semelhantes, apenas ajustadas para cada rebanho e para cada momento coletivo das comunidades, por isso deveríamos, nós encarnados, seguir esse exemplo e buscar essa integração e harmonia, pois o momento, como tinha escutado, era de união e de esforço coletivo para trazer à Terra momentos de paz e amor, visto que estávamos na transição planetária.

O índio me colocou em uma canoa e com um sopro fui levado para o alto-mar de novo, mas dessa vez com a Lua me fazendo companhia.

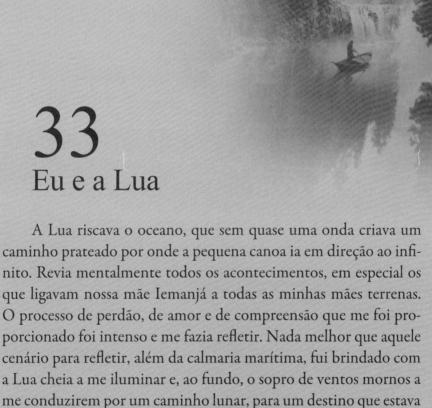

33
Eu e a Lua

A Lua riscava o oceano, que sem quase uma onda criava um caminho prateado por onde a pequena canoa ia em direção ao infinito. Revia mentalmente todos os acontecimentos, em especial os que ligavam nossa mãe Iemanjá a todas as minhas mães terrenas. O processo de perdão, de amor e de compreensão que me foi proporcionado foi intenso e me fazia refletir. Nada melhor que aquele cenário para refletir, além da calmaria marítima, fui brindado com a Lua cheia a me iluminar e, ao fundo, o sopro de ventos mornos a me conduzirem por um caminho lunar, para um destino que estava nas mãos de Deus e o qual não me preocupava, pois estava ali em fé absoluta, crente que a jornada continuaria e logo me depararia com mais uma enxurrada de aprendizado e axé.

Olhando para trás e me vendo ali, tinha ao menos uma certeza, não era eu o mesmo ser de quando acordou na floresta. Esses dias, meses, ou sabe-se lá quanto tempo, foram de tal ansiedade que me forjaram, me transformaram mais que em muitas vidas. A mudança era rápida e profunda, por isso percebia que às vezes voltava a ter pensamentos antes superados e que isso seria vencido e acomodado com o tempo.

As experiências na montanha sagrada de Xangô e as lembranças com minhas mães que me odiaram selaram em minha alma a certeza de que sempre que julgamos o fazemos de forma muito equivocada. Não conhecemos o todo, não conhecemos o passado nem o presente das pessoas que nos rodeiam, aliás não conhecemos nem mesmo nós. Se lembrássemos de tudo e nos conhecêssemos de verdade, com certeza agiríamos diferente com algumas pessoas, por isso não é possível crer que qualquer julgamento de quem quer que seja é válido para alguma coisa senão para criar ou atrair coisas ruins.

O que aparenta ser ruim, ser um castigo ou um mal pode ser uma dívida sendo paga, pode ser a ação de um espírito iluminado a nos corrigir, pode ser a oportunidade de encontrarmos espíritos amigos, pode ser a maneira de mudarmos nossa visão de mundo e de vida. Enfim, há tantas situações em volta de um simples acontecimento que a única coisa que nos cabe fazer é tirar o melhor proveito. Assim, compreendi que seja lá o que eu tiver que passar, tentarei me lembrar de olhar como eu posso aprender com a situação, como aquela situação me favorece o aprendizado e o aprimoramento mental e espiritual. Vou observar como aquele evento me proporciona o encontro e desencontro de outros espíritos, para amar e para perdoar. Vou observar e pedir a Deus como posso servir, pois se estou naquela situação e naquele lugar de aprender e pagar meus débitos, quero ter a oportunidade de servir. Quero me lembrar e perceber que em todos os locais existirão Exus e Pombagiras protegendo e zelando aquele ambiente, que haverá Orixás, elementais, espíritos abençoados pela lei de Deus os quais posso me contatar e pedir ajuda, me disponibilizando a ajudar. Sempre existirão irmãos e irmãs em sofrimento igual, menor ou maior que o meu, e que ali posso criar a oportunidade de amar e ser caridoso.

Tudo fazia sentido e obviamente era fácil pensar assim na calmaria, nas bênçãos da Lua e de mãe Iemanjá, sendo conduzido por mãe Iansã, mas se eu compreendo e acredito nisso, tentarei cumprir esse desafio para sempre. Com certeza falharei, mas falharei por tentar acertar, por ter coragem de querer ser diferente e melhor, por querer ser filho de Deus, por querer ser discípulo dos Orixás e dos bons espíritos. Até aqui errei por querer ser eu um homem da Terra, profano e, muitas vezes, por não ter a coragem de ser um cavalo de Umbanda. Errei por não acreditar que seria possível ser diferente, ser como os Pretos Velhos nos pedem para ser.

"De uma vez por todas, chega de errar por não ser, se errar será por tentar ser, essa é minha vontade e meu empenho", pensei. Mal acabava de concluir, meio cheio de orgulho e pompa, mas feliz, um grande vendaval se aproximou, as ondas encresparam, e a canoa passou a subir e descer de forma violenta. Uma grande onda me pegou e me jogou para muito longe. Apaguei, desmaiei com a violência, com o processo que me fizeram.

Senti uma tontura, um gosto amargo na boca e mexi meus braços, espreguicei-me tentando saber onde estava, mas meus olhos não se abriam. Senti apenas uma mão no meu peito e uma voz feminina a me dizer:

– Calma, vou chamar o médico, procure não se mexer muito.

A voz era suave e confortante, mas chamar o médico? Como assim, teria eu batido contra uma pedra e alguém me resgatou? Mas se me resgatou, a viagem era real? Não estava eu morto? Ou dormindo? Era um sonho? Muitas dúvidas e incertezas me assolaram, um certo desespero me avassalou e logo me lembrei da canoa no mar, da Lua e de meus votos a Deus.

– Pai, estou aqui e não consigo imaginar onde seja, mas quero lhe pedir calma e assertividade, que desta lição eu tire as conclusões que me façam crescer. Que eu possa aprender, que eu possa servir e que os ensinamentos vividos por mim sejam reais, pois sei que atuou em mim.

Comecei a me acalmar, senti uma brisa de calmaria e cheiro de café, ervas frescas, maresia, cheiro de montanha, névoa da cachoeira, o peso do fundo da terra, cheiro de pinga, de cerveja, de charutos e palheiros. Todos juntos e muito reais. Escutei vozes, voz de um Preto Velho, fina e terna, era Pai Tobias, a risada de Exu, o brado do Caboclo, o assovio da Cabocla, e agradeci, pois estava cercado de amigos, cercado de mestres, de professores, de guias, de verdadeiros missionários divinos que me brindavam com a companhia.

Um a um foram se aproximando e me beijando, me tocando, e eu chorava de alegria por receber todo aquele axé, por sentir toda aquela luz. Estava eu no paraíso, não havia palavras para agradecer ou para descrever. Foi quando uma voz rouca, forte e direta me interpelou:

– A você damos a escolha, quer continuar a viver ou podemos finalizar o processo de morte carnal?

Percebendo minhas dúvidas e minhas incertezas, a voz me explicou:

– Você sofreu um derrame em decorrência de um acidente e está em um leito de hospital há três dias, em coma, mas agora, por tudo que você viveu em espírito, pois gozou de um desprendimento temporário, e por suas ações e dedicação ao axé, ao próximo, Deus lhe concedeu essa jornada, essa vivência, que você fez de forma real e, como disse, aprendeu. Por essa razão, estou aqui em nome de Deus para lhe dar essa oportunidade. Você deseja acordar na carne ou no espírito?

Estava muito confuso. Após as bênçãos das entidades, aquele choque de realidade me assustou. Pedi um tempo, alguns minutos para pensar, o que foi prontamente me concedido. Pedi a Deus que eu pudesse conversar com Pai Tobias, que ele me tirasse as dúvidas. Eu não pediria sua opinião sobre a decisão, mas queria ter com ele algumas questões para poder decidir.

Pai Tobias se aproximou, mesmo sem vê-lo sabia que ele estava ali. Ele me pegou na mão e apenas disse:

– Você sabe quem é o caboclo que o despertou na floresta?

"Aquela pergunta naquele momento? Qual o sentido? Não queria saber disso agora", pensei. Mas antes de respondê-lo, senti o cheiro de mato, minhas costas estavam um pouco molhadas, então abri os olhos e vi muitas árvores, o Sol a passar por entre suas copas e nenhum barulho, era o mesmo cenário de quando despertei. Comecei a rir e pensar "será que passarei tudo de novo?" Sem perder tempo, pedi licença aos Exus e Pombagiras do local, agradeci e gritei ao meu pai Oxóssi e comecei a entoar seus cânticos, feliz, exuberantemente feliz.

– Saravá, Oxóssi! Okê, Okê, meu pai!

Estava feliz, estava alegre e na casa de meu pai. Saravá, todos os caboclos! Saravá, seu Mata Virgem! Saravá, meu grande pai. Consegui me levantar, bati minha cabeça na relva úmida, peguei um pouco da terra e esfreguei no rosto e nos braços. Ajoelhei-me, chorei e cantei com todo fervor:

– Eu corri terra, eu corri mar

Até que eu cheguei na minha raiz

Ora viva Oxóssi nas matas

Que a folha da mangueira ainda não caiu.

Emocionado e muito feliz, corri terras e montanhas, rios e mares para estar aqui na minha raiz, viva seu Mata Virgem, viva Oxóssi, os senhores me deram tempo antes de as folhas caírem para eu louvar e entender Oxóssi. Viva Oxóssi nas matas, viva Oxóssi nos congás, na vida em todo o lugar.

Fechei brevemente os olhos e ao abri-los na minha frente estava sentado o mesmo caboclo que me buscou no início, só que agora eu podia reconhecê-lo. Era seu Mata Virgem, que com um sorriso cativante me dava as boas-vindas, e juntos fomos andar por entre as matas da Jurema, felizes, pois estava na minha raiz.

Se eu acordei do coma? Se eu morri? Isso não importa, não é? Nós morreremos todos um dia, deixaremos algo para trás, mas sempre serão passagens, portais. Não deixe o tempo passar para que sua mangueira não fique sem as folhas antes de você encontrar seu caminho, faça as escolhas todos os dias, e então chegará um dia em que você regressará ao verdadeiro lar.

Lute com todo seu esforço para ajudar e amar os encarnados e desencarnados, lute para compreender o axé, os espíritos, intensificar o trabalho de médiuns e cavalos de Umbanda. Somente o trabalho no amor, o trabalho desprendido, dará a todos a oportunidade que eu gozei. Rezo e canto para que você tenha um destino como o meu, rezo para que você consiga receber a dádiva que eu recebi. Que os Orixás deem a você muita determinação para amar e fazer de suas vidas uma vida de muito axé.

Eu corri terra, eu corri mar... Eu achei minha raiz, eu sou a raiz, eu sou a árvore, eu sou Caboclo Mata Virgem.

Sobre a Psicografia de Pai Caetano de Oxossi

Em abril de 2015, a pedido de Pai Tobias de Guiné, iniciamos a psicografia em nossa casa. Assim, uma série de textos começou a ser confeccionada, como os que aqui se encontram. Atualmente, há mais de 10 livros em simultânea psicografia, divididos em romances, contos, doutrinários e de reflexão. Entre estes, destacamos os seguintes[1]:

As palavras de Jesus pelos olhos dos guias da Umbanda[2] – apresenta passagens bíblicas com o exemplo de Jesus comentadas por Pretos Velhos, Caboclos e Exus.

Minha casa em Aruanda[3] – conta a história de um Preto Velho desde antes da organização da Umbanda, passando pela criação da Umbanda no astral e depois no plano material.

Provocações umbandistas – a inquietude de quem quer luz[4] – faz provocações filosóficas sobre os desafios de ser cristão na contemporaneidade. Objetiva proporcionar reflexões sobre o comportamento, a atitude e o pensamento do médium umbandista, tanto nas giras como na vida.

Umbanda: um eterno estudar e praticar[5] – traz as mensagens dos guias sobre a doutrina da Umbanda, revelando as razões e os fundamentos dessa linda religião.

---

1 Títulos provisórios.
2 O volume 1 está concluído, e o volume 2 está em fase final de psicografia.
3 Em fase de organização dos capítulos, com todos os textos já finalizados.
4 O volume 1 está concluído, e o volume 2 está em andamento.
5 Em conclusão.

Informações sobre nosso terreiro

O Terreiro de Umbanda Luz, Amor e Paz (TULAP) – Cabana do Pai Tobias de Guiné – foi fundado em 21 de julho de 2005 e tem duas sedes:

Sede Curitiba
Giras semanais às sextas-feiras às 20h.
As datas atualizadas são publicadas em: www.facebook.com/paitobias
Endereço: Rua José de Oliveira Franco, 255-A – Bairro Alto – Curitiba-PR.

Sede Londrina
Giras quinzenais aos sábados.
As datas atualizadas são publicadas em: www.facebook.com/tulaplondrina
Endereço: Rua Guaiuvira, 377 – Jd. Leonor – Londrina-PR.

Para mais informações, acesse: www.paitobias.com
Para vídeos com reflexões e saberes de Umbanda, acesse nosso canal do YouTube: Umbanda de Raiz – Pai Caetano de Oxossi.

Leia também

Ecos de Aruanda
Contos de Umbanda
Obra mediúnica psicografada / Coordenação espiritual: Pai Tobias de Guiné

164 págs | 16 x 23cm | 978-85-5527-081-9

ARUANDA – cidade espiritual, pátria das almas umbandistas que já se reencontraram com o sagrado. "Ecos de Aruanda" conta histórias de pretos-velhos, de caboclos, de exus que trazem um pouco da sabedoria e da alegria de viver e pensar como umbandista. São contos que surpreendem com lições espiritualistas de grande sabedoria, sugerindo um novo olhar e reflexão à prática umbandista. Os contos brincam com os acontecimentos da religião, apresentam histórias da formação da Umbanda, sempre com o intuito de revelar origens, transmitir ensinamentos morais e instruir sobre os ritos.

Saiba mais em www.legiaopublicacoes.com.br

IMPRESSÃO:

Santa Maria - RS | Fone: (55) 3220.4500
www.graficapallotti.com.br